目次

光文社文庫

三十年後の俺

『比例区は「悪魔」と書くのだ、人間ども』改題

藤崎　翔

光　文　社

三十年後の俺

日本今ばなし　金の斧　銀の斧

私の担当する池に、斧《おの》が落ちてきた。

ずいぶん久しぶりの仕事だ。何十年ぶりか、もしかしたら百年ぶりぐらいかもしれない。

かつては木こりを生業《なりわい》にしていた人間も多かったので、私の担当する池に、人間たちがしばしば斧を落としていたものだった。私は神として、落とした斧を正直に申告した者には金の斧と銀の斧を与え、欲に駆られて嘘《うそ》をついた者は落とした斧も没収するという方法で、正直な心の大切さと嘘をつくことの愚かさを、多くの人間に教えてきた。

しかし、このところはそんな機会もめっきり減っていた。

人間界で機械が普及し、今の木こりたちは斧でなくチェンソーという伐採用機械を使うようになったのも要因のようだ。チェンソーは、斧のように振り回すタイプの道具ではないらしく、手からすっぽ抜けて池に落とすようなことはまずないらしい。また私自身も、幾度かの神事異動《じんじいどう》により、ヨーロッパ各地の池で転勤を重ねた末、今は日本という島国の、とある池を担当するようになった。その日本では、ここ何十年かで林業の衰退が著《いちじる》しく進んでしまったようで、斧を落とす者がいないどころか、池の周辺で木を切る音を聞くことすら、めっきり少なくなっていた。

そんな折に、突然舞い込んできた仕事だ。私は久しぶりに、金銀の斧と落ちてきた斧を持って、池の上に出現した。

池の周りには霧が立ちこめていて、斧を落とした人間の姿ははっきりとは見えなかったが、まあいい。私は久々の仕事に若干の高揚感を覚えつつ、例の質問をした。

「お前が落としたのは、この金の斧か？」

問いかけてから、しばらく反応を待ってみたが、人間は何も答えなかった。神々《こうごう》しい光とともに突然現れた私の姿に驚いて、言葉が出なくなっているのかもしれない。

「お前が落としたのは、この金の斧か？」

同じ質問をもう一度してみたが、霧の中の人間からはまだ反応がない。向こうからは、まばゆく輝く私の姿や金銀の斧はだいたい見えているはずだが、しばらく待っても沈黙したままだ。おい、そろそろ何か答えてもいいんじゃないか？　そう思いつつも、さすがに三回も同じことを聞くのは野暮な気がして、次の質問に移った。

「それとも、お前が落としたのは、この銀の斧か？」

「えっと……」

ようやく霧の中から声が聞こえた。痰《たん》が絡《から》んだような、しゃがれた男の声だった。

「金の、斧です」

その答えは、私を失望させるものだった。まったく、ずいぶん間を空けて考えていると思ったら、最も安易な嘘をつきやがって。

「お前は嘘をついたな……」

私が厳《おご》かな声で言いかけたところで、池の上の霧が薄まり、ようやく相手の男の顔が見えた。

その男は、想像していたよりはるかに年を取っていた。はっきり言って、ヨボヨボの老人だった。

私は今まで、斧を落とした数々の人間の前に姿を現してきたが、その人間たちの中で、おそらくこの男は最高齢だろう。

そういえば、ここ何十年かの間に人類の寿命が飛躍的に延びたとは聞いていた。特に、ここ日本は世界で最も高齢化が進んでいて、中でも木こりがかつて盛んに活動していたような林業地帯は、少子高齢化がとりわけ著しいとも聞いていた。私は木こりをターゲットにした神なので、当然そんな地域に派遣されている。つまりこの辺りは、世界で最も老人の比率が高い地域の一つといえるだろう。

それが顕著に表れたのが、今回のケースだろう。久々に斧を落とした木こりが、今まで見てきた人間の中で一番年を取っていた。私が盛んに人間の前に現れていた時代は、ここまで長生きする人間なんて滅多にいなかったし、いても山に出て木を切るようなことなどなかったはずだ。

とはいえ、そんなことは関係ない。こんなに年を取ってもなお、強欲に駆られ嘘をついて神を欺《あざむ》くとは、浅ましい限りだ。ここは神として当然、従来通りの罰を与えなくてはいけない。

「嘘をついた罰として、お前が落とした鉄の斧も没収する！」

私は厳かに宣告した。これによってこの老人は嘆き悲しみ、嘘をついた自らの行《おこな》いを悔い改めるであろう。

——と、思ったのだが。

老人は、私に罰を宣告されても、じっとこちらを見つめたままだった。

ぼおっとした視線。仕事道具の斧を没収すると言われたのに、まるで変化しない表情。それどころか、私を見つめて微笑《ほほえ》んでいるような、恍惚《こうこつ》とした表情にも見える。

その様子を見て、私ははっとした。

もしかして、さっきのは、嘘じゃなかったんじゃないか。

この老人は、自分の斧がどれだったか、本当に忘れてしまったんじゃないか——。

えっと、どうしよう。長年神をやっているが、これは初めてのケースだ。

本来のマニュアル通りだと、これはもう即没収なのだ。ただ、もしこの人間が、悪意なく失念してしまっている場合、話は別だ。そんな人間の斧を没収なんてしようものなら、これは神の世界では大変な不祥事になってしまうだろう。

今の高齢化した人間界で、認知症というのが大きな社会問題になっていると聞く。その患者が、まったく悪意なくついた嘘——いや、嘘と呼ぶのも語弊があるだろう。ただの言い間違いに対して、神が罰を与えるなどということはあってはならない。斧をうっかり池に落としてしまい、突然現れた神にどの斧を落としたのかと尋ねられ、本当に忘れてしまったために誤った返答をした結果、落とした斧を神に没収される。人間の視点に立って考えてみたら、これほど理不尽な仕打ちはない。もはや詐欺《さぎ》のレベルだ。認知症患者をターゲットにして、大事な斧を奪い取る詐欺だ。人間界でも犯罪にあたる行為だ。そんな行為を、あろうことか神が行うなんて到底許されない。天上界に知られたら即左遷、下手《へた》したら資格停止処分が下るレベルの大不祥事だ。

「えっと……ちょっと、鉄の斧も没収というのは、いったん保留にして……」

とりあえず私は、焦って言葉を詰まらせながらも、老人に向けて言った。

いかんいかん、いったん落ち着こう。

神である私が、人間の前ですでに結構な長時間うろたえてしまっている自覚はある。ただ、この老人は特に気にしていない様子で、相変わらずぼんやりこちらを見つめている。

さて、これから私は、神としてどう振る舞えばいいだろうか。

この老人が、自分の落とした斧がどれだったか本当に忘れてしまっている場合は、ただ鉄の斧を返して「気をつけて帰りなさい」とでも言ってやればいいだろう。

　しかし問題は、この男が認知症だというのが、私の思い違いだった場合だ。この老人が、一度は金の斧をせしめようと嘘をついたものの、それを私にとがめられ、元々持っていた斧まで没収すると言われた瞬間に機転を利かせ、ぼけているふりをした。――そんな場合は、神である私に対して最悪レベルの嘘をついたことになる。そのような嘘つきを、何ら罰を与えることなく帰してしまうのは、それはそれで神としてNGな判断である。

　つまり私は、これから確かめなければいけないのだ。この男に悪意があるのか、それとも、ないのか。

　しかし、目の前の人間が認知症かどうか見極めるのは、専門的な知識を持つ医師でないと難しいと聞いたことがある。となると、神であっても難しい。人間の心をすべて読めてしまうような神もいるが、私は残念ながら、そこまでハイスペックな神ではない。神歴たかだか二千年台。この業界ではまだ若輩者である。

　う～ん、どうすればいいか……。私はしばし迷った末、神手帳で検索した。

　この神手帳というのは、あらゆる情報を検索できる道具である。ちょうど人間界でも、ここ最近、スマホとかいう名前の、神手帳によく似た機械が普及していると聞いているが、神の世界にはもっと前からこのような便利な道具があるのだ。

神手帳の検索画面で「認知症 検査 質問」と入力してみる。

すると、いい方法が紹介されていた。

それは、人間界で採用されている認知症検査の方法だった。「長谷川《はせがわ》式認知症スケール」と呼ばれているらしく、いくつかの質問に答えさせ、三十点満点のうち何点だったかによって、相手が認知症かどうかを判断するという検査のようだ。

その方法が詳しく紹介されたページを、神手帳の画面に表示させたまま、私は老人に話しかけた。

「待たせたな、人間よ。もう一度聞くぞ」

私は念のため、金の斧を指し示して、改めて尋ねた。

「お前が落としたのは、この金の斧か？」

「はい、金の斧です」

老人は穏やかな表情で、ぺこりとうなずいた。さっきよりもずっと返事が早い。悪意なく答えているのか。それとも、もうぼけたふりを貫《つらぬ》いてやろうと開き直っているのか。

「この、銀の斧ではなかったか？」私は続けて尋ねてみた。

「ああ、やっぱりそれです」

「鉄の斧ではなかったか？」

「……ああ、分かんねえや」

老人はあきらめたように笑った。芝居なんじゃないかと疑ってみるとそう見えてくるが、疑わなければそうは見えない。やはり従来の質問をするだけでは判断できないだろう。

「じゃあ、質問を変えよう」

私は神手帳の画面を見ながら、長谷川式認知症スケールに基づいた質問をしてみた。まず第一問は、相手の年齢を聞くとのことだった。

「お前の年齢は何歳だ？」

すると、老人は顎《あご》に手を当てながら答えた。

「八十……二だったかな。あれ、八十三かな？」

と、そこで私は気付いた。そもそもこの問題、私は正解を知らないのだ。だから聞いても仕方なかったのだ。ああ、神のくせに、なんと初歩的なミスをしてしまったのだろう。

ただ、それはそうと、八十歳を超えてなお足腰が立っているなんて、人類は本当に長寿になったものだ。私が最も頻繁に人間と顔を合わせていた時代には、六十代でも十分長生き、七十代なんてほぼ仙人扱いだったはずだ――なんて感慨に浸っても仕方ない。とにかく、この問題は飛ばそう。

「えっと……続いての質問だ」

私はまた、神手帳の画面を見ながら尋ねた。次は今日の日付を、年・月・日・曜日まで答えさせる問題だ。

「今日は、西暦何年の、何月何日何曜日だ？」

「ちょっと、分かんねえなあ」

「よ〜く思い出してみろ」

「令和……う〜ん、分かんねえなあ」

令和というのは、たしかこの国特有の元号だったか。まあ、西暦から元号に直して思い出そうとしても、無理だったということだ。これは不正解でいいだろう。次の質問をする。

「ここは、どこだか分かるか？」

「ここは、日本だろ」

「あ、いや、そういうんじゃなくて……」

この問題は、今いる場所が病院だとか家だとか老人ホームだとか、きちんと答えられれば正解らしいのだが、国単位で答えられちゃった場合にどう判断すればいいのかは書かれていない。

「もうちょっと、具体的に答えるのだ。ここは、この場所はどこだ」

「……池？」老人は周りを見回して答えた。

「うん、まあ、池だな……」

正解にしていいのだろうか。明らかに目の前に池があるんだから、ちょっと簡単すぎる気がする。この問題だけなんだか緩くないか？

まあ仕方ない。とりあえず正解ということにして、次の質問に移る。

「では、今から言う三つの言葉を暗記しなさい」

私は神手帳の画面に出ている通りの、三つの単語を読み上げた。

「桜、猫、電車」

「桜、猫、電車」老人は復唱した。

「今の三つを、忘れないでおけよ。では続いての質問だ。百から七を引いてみろ」

次は計算問題だ。百引く七の引き算をさせ、九十三と正しく答えられたら、そこからさらに七を引かせる。これに関しては、正解かどうかが明確に判断できそうだ。

「何？」

老人は聞き返してきた。私はもう一度質問した。

「百引く七はいくつだ？」

老人はうつむいて沈黙した。計算しているのだろうと思ったのだが、しばらくして、彼は悔しそうにつぶやいた。

「そういう計算はよお……俺、昔からダメなんだよお」

そして、老人はうつむいたまま語り出した。

「俺、昔から、足し算引き算で馬鹿《ばか》にされてたなあ。でもしょうがねえんだよ。だって俺、小学校もろくに行けなかったんだからよお。親父《おやじ》が戦争で死んで、お袋も体弱くて……戦争が終わったら、みんな義務教育を受けれることになってたんだ。でも実際は違ってよお。俺みてえのは、家族のために働かなきゃいけねえで、まだ子供だったのに奉公さ出されてよお。そこは厳しい家でなあ。毎日のように叩《たた》かれて、簡単な計算もできねえからって馬鹿にされて、でも小学校もろくに通えなかったんだもの。できねえで当たり前だろって、言いたくても言えなかったなあ。結局、奉公先も追ん出されて、それから歯食いしばって毎日毎日、木こりで少ねえ銭稼いで……」

「ああ、うん、分かった分かった、ごめんごめん」

私は、涙ぐむ老人に慌てて声をかけた。

「えっと……うん、じゃあ、計算問題はなしにしよう」

仕方ない。トラウマを呼び起こしてしまうのは神としても本意ではない。この問題はノーカウントだ。それにしても、元から計算が極端に苦手だった人というのは、どう判断すればいいのだろう。そういう人の場合、この問題は認知症の判定に使ってはいけないない気がするのだが。

なんて、今そんなことを考えても仕方ない。私は次の質問に移った。

「今から言う数字を、逆から読んでみろ。三、八、四」

また数字を使った問題だが、これに関しては計算問題ではないから大丈夫だろう。

ところが、老人は予想外の回答をした。

「んよ、ちは……」

「あ、いや、そういうんじゃなくて……」私は慌てて説明を補足した。「あのね、逆から読むっていっても、四はヨンって読んでいいの」

「ヨンはヨンってヨンでいい……あはは、面白い」

「あ、違う、今ダジャレみたいになっちゃったけど、そういうつもりじゃなくて……」

私は頭をかきながら、かみ砕いて説明する。

「たとえば、三、八、四だったら、四、八、三って答えるのが正解。分かるか？」

「………」

老人はぽかんとした表情のまま固まってしまった。私は再度尋ねる。

「分かるかって聞いてるんだ」

「ひいっ」老人は怯《おび》えた表情になった。

「ああ、ごめんごめん、怒ってない。怒ってないよ〜」

雰囲気が悪くなってしまってはいけない。この問題は後回しにした方がいいだろう。私はそう判断して、神手帳の画面を見ながら、次の質問に移った。

「えっと、じゃあ、私がさっき、三つの言葉を暗記しろ、と言ったのを覚えてるか？　その三つを言ってみろ」

ここでさっきの「桜、猫、電車」を思い出させることで、記憶力を試すのが出題の意図のようだ。

「ええっ……」

老人は目を丸くして黙ってしまった。これは不正解と判断するべきだろう……と思ったのだが、神手帳の画面をよく見ると、ヒントを出してもいいとのことだった。ノーヒントで正解した場合、一つ思い出すごとに二点が与えられるが、ヒントを出して正解した場合も、一点を与えていいとのことだった。

「じゃあ、ヒントだ。一つ目は植物、二つ目は動物、三つ目は乗り物だったぞ」

すると老人は、意外に早く思い出した。

「ああ、桜と猫だ」

「おお、いいぞ」私は思わずうなずいた。「その調子で、もう一つ乗り物を思い出せないか？」

「乗り物……軽トラかな。俺の乗り物っつったら、軽トラだからなあ」老人が言った。

これは不正解――と思いかけたところで、私ははっと思い当たった。

「おい、軽トラっていうのは、あれだよな。自動車の、軽トラックの略称だよな？」

「そりゃそうだべ」

「もしかして、お前は今日、軽トラに乗ってきたのか？」

「うん」

「まずいんじゃないのか……」

この国では近年、高齢者が起こした痛ましい自動車事故が頻発してしまったため、それを防ぐための方策がとられていると聞いている。

「ほら、お前はそろそろ、年齢的にも、あとはその……頭のコンディション的にも、自動車免許の返納とかを検討しなければいけないんじゃないのか」

「……あっ！」

老人はそこで、思い出したように声を上げた。

「やっぱり乗ってなかったわ。歩いてきたんだ。そりゃそうだ、ここまで軽トラで来るわけねえよなあ。家近《ちけ》えのに」

「あ、そう……」

老人のあっけらかんとした表情を見ても、本当なのかどうか判別はつかない。

まあいい。話が脱線した。元に戻そう。私は神手帳の画面をスクロールしながら言った。

「えっと、どこまでやったっけ……ああ、ラスト二問かな」

続いての問題は、五つの品物を順番に見せた後で、それを布などで隠して、何があったか当てさせるという内容だった。例として、腕時計、鍵、煙草《たばこ》、ペン、コインという五つが挙げられている。五つの品物は、互いに無関係な物にするべきらしい。

だが、そこで私は気付いた。この問題を出すための、ちょうどいい品物が、今ここにはないのだ。

神というのは、基本的に日用品は何もいらない。悠久の時を生きる生活において、時計なんて必要ないし、鍵をかけるドアなんてないから鍵もいらないし、煙草なんてもってのほかだし、ペンで文字を書くこともないし、いわんやコインなんて必要なはずもない。

今手元にあるのは、金、銀、鉄の三種類の斧だけだ。だがこれでは「互いに無関係な物」という条件から外れてしまう。その他には、池の周りに石や木の葉や枝などは落ちているが、これはこれで元々この場所にある物だから、互いに無関係とは言えないだろう。

あるいは、私が今持っている神手帳を見せたとしても、老人は当然これを見るのは初めてだから、「神手帳」と正式名称を答えられるはずもない。

う〜ん、仕方ない。この設問も飛ばすしかないだろう。

最終問題。これなら簡単に出せる。

「野菜の名前を、できるだけ多く答えてみろ」

私が神手帳を見ながら出題すると、老人はぱっと表情を輝かせた。

「野菜？　うちでいっぱい植えてんぞ。キュウリにトマト、カボチャにナスに落花生《らっかせい》に、ニンジンと小松菜も、うちのかあちゃんが植えてたな。スイカも昔やってたけど、ハクビシンにやられちまってなあ」

スイカは果物だろ、と思ったが、草本性《そうほんせい》の植物だから野菜だという考え方もあるのだと思い出した。そういう細かいことだって私は知っている。なぜなら神だから。

「オクラとミニトマトも、かあちゃんが好きでな。あとミョウガとシソは、放っといてもどんどん生えてくるからなあ……」

「うん、分かった、ＯＫ」

十個出れば満点とのことなので、これは文句なしだろう。ただ、老人の得意分野からの出題だったから、そのまま点数に反映していいのか微妙な気もするが。

ともあれ、人間が考案した「長谷川式認知症スケール」という検査はこれにて終わりだ。あとは得点を集計し、三十点満点中二十点以下の場合、認知症の疑いありと判断できるということだった。

しかし、飛ばしてしまった問題が四つもあるのだ。年齢を聞く問題はそもそも私が正解を知らなかったし、計算問題はトラウマがよみがえっちゃったし、数字の問題は意図がうまく伝わらなかったし、五つの品物を暗記させる問題は品物が手元になくて断念してしまった。これでは厳密な判断は下せないだろう。

とはいえ、残りの問題で、明らかに減点対象になる回答はあった。今日が何年何月何日何曜日かという問題は、年、月、日、曜日と、それぞれ答えられるごとに一点が与えられるという配点だったが、この老人は全滅だった。これだけでマイナス四点。さらに「桜、猫、電車」を思い出させる問題は、ノーヒントで思い出せれば各二点、ヒントを出したら各一点のところで、獲得できたのは二点だった。つまりここも満点からマイナス四点。すでに、三十点満点からマイナス八点の、二十二点以下は確定なのだ。正直、飛ばしてしまった残りの問題に関しても、あと二点ぐらいは間違いなく失っていた感じだった。つまり、合計二十点以下の「認知症の疑いあり」のゾーンには、確実に入っているだろう。

まあ、そもそもこの老人に認知症の疑いがあったから、私はこの問題を出そうと思ったのであって、「認知症の疑いあり」だというのは最初から分かっていたともいえる。そう考えると、だいぶ時間をかけて回り道をしてしまった感もあるが、とにかくこの老人には認知症の疑いがあるのだ。専門家が考えた判断基準で、それが確定したということだ。

神として、そんな相手に罰を与えてはいけないだろう。鉄の斧を返して、それで終わりだ。私はそう決断した。

「じゃあ、ちょっと長くなったけど、お前が池に落とした鉄の斧は返すからな。それじゃ、気をつけて帰るんだぞ……」

私はそう言って、金の斧と銀の斧は池の中に戻し、老人が落とした鉄の斧を差し出した。

だが、その時、老人が言った。

「いや、そっちも返せよ」

「……えっ？」

「今、俺から見えねえように隠した、金と銀の斧だよ。そっちも返せよ」

「なにっ……」

私は驚いて、老人の目を見た。皺《しわ》だらけの目の奥は、なんだかギラギラしているようにも見えた。

そこではっとした。

やっぱりこの老人には、悪意があるんじゃないか。自分の哀れさをさらけ出して同情を引くことで、ちゃっかり金の斧と銀の斧をせしめようとしていたんじゃないか——。認知症の疑いがあるからといって、悪意を持った行いもすべて免責されるべきなのか。答えは否だろう。現にこの国の人間たちも、認知症を患《わずら》った上で自動車を運転し、通行人を死なせてしまった何人かの被告人に対して、裁判で実刑判決を出していたはずだ。もちろん、人間界の刑法をそのまま神の裁《さば》きに当てはめるのは、必ずしも適切ではないのだが、一定の参考にはすべきである。

そういえば、この老人はさっき「今日は軽トラに乗ってきた」という話をぽろっとして、私が詳しく尋ねたところ「やっぱり乗ってない」と言い直していた。もしやあれも嘘だったんじゃないか。本当は認知症の疑いがあるのに車を運転してるんじゃないか——。

と、そこで老人は、「あっ」と声を上げ、ズボンの尻のポケットに手を入れた。

そして彼は、私を睨《にら》みつけ、思いもよらぬことを口走った。

「お前、俺の財布も盗んだろ！」

「ええっ？」

私は戸惑《とまど》いのあまり、声をうわずらせた。

「この泥棒があっ！」老人が怒鳴《どな》った。

「何を言ってるんだ！　神を泥棒扱いするとは、なんと無礼な！」

私の戸惑いはすぐ怒りに変わり、思わず怒鳴り返していた。だが老人はなおも言い募《つの》る。

「早く返せ！　泥棒！」

「こいつ、無礼にもほどがあるぞ。人間ごときが……」

私は腹立ちまぎれに斧を池に投げ捨てると、老人に罰を与えるべく、両手に力を込めた。

と、その時だった――。

突然、別の人間の声が聞こえてきた。

「おお、じいちゃん、ここにいたのかよ。帰るよ～」

森の小道から現れたのは、若い男だった。この地域の土着の人間は髪が黒いはずだが、彼の髪は金色だった。また、彼は両耳と小鼻に、金属製の飾りを付けていた。たしかピアスという飾りだ。

若い男は、老人に歩み寄ってきたところで私に気付き、怪訝《けげん》な表情を浮かべた。

「んっ？　ちょっと、誰あんた」

「あんた、だと？　神を前にして無礼だな」

私が、老人に対するいら立ちが冷めないまま返すと、若い男は微《かす》かに笑みを浮かべた。

「えっ、神って……あんた、自分のこと神だって言ってんの？」

「言ってるも何も、本当にそうなのだ」

「う〜わっ、一番やばい奴《やつ》じゃん」若い男は、私を小馬鹿にするような笑みを浮かべた。

「ユウゴ先輩が言ってたよ。自分のことを神とか言ってる奴が一番やばいって。マジで話通じないから気をつけろって」

「失礼なことを言うな！」

私は一喝した。しかし若い男は、まるで私を恐れる様子もなく、池に近付きながら私の足下をじろじろ眺めた。

「え、ていうか、それどうやってんの。足場どこにあんの？　浮いてるようにしか見えないけど、何それ、イリュージョン？」

「イリュージョンなどではない。足場なんてない！　浮いてるようにしか見えないのは、本当に浮いているからだ！」

「またまた冗談言って……。ライトも焚《た》いてるよね。それLED？　あ、アクリル板とかに乗ってんの？　ていうかこれ、何かの撮影？　あ、もしかしてユーチューバー？」

「訳の分からないことを、矢継ぎ早にごちゃごちゃ言うな！」

私はまた一喝した後、老人を指差して説明した。

「私は神として、この男が池に落とした斧を拾って、正直者かどうか見極めていたのだ」

「はあ？　訳分かんねえこと言ってんのはおめえの方だろ。ていうか、うちのじいちゃんにあんま難しいこと言うなよ」

若い男は呆《あき》れたような顔で言ったが、そこで「あっ」と声を上げ、鋭い視線になった。

「ていうかお前……さては振り込め詐欺とか、そういうやつか？　こんな田舎まで来て、じいちゃんのこと騙《だま》そうとしてたのか」

「騙そうとしてただと？　こっちの台詞《せりふ》だ！」私はますますいらついた。「人間が私を騙そうとするのだ！　それを罰するのが、私の役目なのだ！」

「う〜わっ、超やべえよ。被害妄想じゃん」

若い男はうんざりしたような表情を浮かべた。うんざりしたいのはこっちの方なのに。

「ユウゴ先輩が言ってたよ。本当にやべえ奴は被害妄想発揮するって。人のこと盗撮しといて、いや自分が盗撮されてたんだとか言うんだって。ユウゴ先輩が東京でバンドやってた時も、近所にそんな奴がいてマジ嫌になったって」

「誰なんだ！　さっきから言ってる、そのユウゴ先輩っていうのは！」

「ユウゴ先輩は、ミワの兄貴だよ」

「こっちが知らない奴のことを説明するのに、追加で知らない奴を出すな！」

私が張り上げた声などまるで聞く様子もなく、若い男はポケットに手を入れた。

「あ、ちょっと待って、電話だ……。お、噂をすればじゃん」

若い男は、ポケットから四角い機械を取り出した。これがスマホという、人間界でいう神手帳のような機械だろう。

「もしもし、ミワ〜」

若い男は、スマホで通話を始めた。神手帳と同様に、スマホでも離れた相手と通話ができるということは、私も知っていた。

「お前なあ、神と話してるんだから、後でかけ直すとか……」

私は呆れて注意をしたが、若い男は「しっ！」と口の前に指を立てた。神である私に対してとる態度ではない。今すぐ罰を下してやろうかという衝動に駆られたが、さすがにぐっとこらえる。

「ん、今？　神社の裏の池だよ。……覚えてねえのかよ。俺とミワが初めてキスしたところだろ」

若い男は、スマホを片手ににやけた顔で言ったが、そこで急に、慌てた表情になった。

「えっ……あ、ごめん。それミワじゃないか。……いや、しょうがねえだろ。別にミワの前に付き合ってた女がいても……。いや、それとこれとは違うじゃん。今はマジで二股とかしてないし……マジで俺反省したし。マジで一生ミワのこと大事にするし」

若い男は、もはや私の方にはまったく関心を示しておらず、通話に夢中だった。

「いや、そんなわけねえじゃん！　なんで今浮気してるってことになるんだよ！　意味分かんねえよ。……いやいや、女なんていねえよ。今一緒にいるのは、じいちゃんだよ」

若い男は、傍《かたわ》らでぼおっと立っている老人をちらっと見た後、少し声を落として通話を続けた。

「ほら、うちのじいちゃん、たまに徘徊《はいかい》して、この前も防災無線のお世話になっちゃっただろ？　だから、俺がGPS買ってきて、家族のスマホで探せるように設定して、お袋がマジックテープでつけて……それで、またじいちゃんがどっか行っちゃったから、GPSで見てここまで来たんだけど……。いや、本当だって。なんでそんな嘘つかなきゃいけねえんだよ……。分かったよ。じゃあ来いよ。神社の裏の池だよ。……すぐ来てくれよ、じいちゃん疲れちゃうかもしれねえから」

若い男はそう言ったところで、はっと表情を変えた。

「え……兄貴って、ユウゴ先輩も来るの？　いや……それは、なんか悪いよ」

なんだか動揺したような様子で、若い男は通話を続けた。

「違うよ、嘘ついてるから言ってるんじゃなくて……ユウゴ先輩だって、妹の彼氏がじいちゃんと一緒にいるところに、わざわざ来たくねえだろ。……えっ、今そこにいんの？」

しばしの沈黙の後、若い男の口調が急に丁寧になった。

「あ、もしもし先輩……いや、マジで浮気とかじゃないですって。信じてくださいよ〜」

若い男はそう言ってから、私をちらりと見て、通話を続けた。

「てか先輩、今ここにじいちゃん以外に、もう一人やばい奴いるんですよ。じいちゃん、そいつにカモられるとこだったみたいで。……いや、なんか分かんないですけど、たぶん詐欺師だと思うんですよねえ」

「詐欺師って……おい、私のことを言ってるのか！」私は若い男を怒鳴りつけた。「何度言ったら分かるんだ！　私は詐欺師ではない。神だ！」

「聞こえました？　自分のこと神とか言ってんすよ。マジやばいっすよね」

若い男はちらちら私を見て、へらへら笑いながら通話を続ける。

「しかもなんか、どうやってんのか分かんないんだけど、池から浮いてるみたいな感じで、LEDだと思うんすけど、後ろからすげえ光が差してて。しかも格好が、なんかギリシャ神話っていうか、裸に白い布巻いてるみたいな……そうそう、テルマエ・ロマエみたいな格好してんすよ。……うん、そうです、神様のコントみたいな格好です」

「コント？　滑稽《こっけい》な寸劇のことか？」私は怒りのあまり声を裏返した。「無礼にもほどがあるぞ！　神様のコントではなく、神様そのものだ！」

「あ、今も聞こえましたよね？　マジでやばいっしょ？……いやいや、笑いごとじゃないんですって。……まあ、とにかく待ってます。この訳分かんねえ詐欺師と一緒にいるのは嫌ですけど、とりま適当に時間つぶしてますわ。……はい、は〜い」

若い男は、ようやく電話を切った後、老人に向けてゆっくりとした口調で言った。

「じいちゃん、マジであの変な奴と目合わせない方がいいからね。あと、もうすぐ、ミワとミワのお兄ちゃんが来るから。……あ、ミワは分かるよね？　俺の彼女。じいちゃんが前に可愛《かわい》いって言ってくれた子」

老人は、若い男の話を聞いて、こくりとうなずいた。さっきまで私に怒鳴っていた表情はどこへやら、孫息子であろう若い男を前にして、また穏やかな顔に戻っていた。

今なら多少は話ができるかもしれない。私は一応、本来の役割を果たすべく、池の中から老人の斧を取り出し、改めて声をかけた。

「おい、もう斧はいいのか？　一応、この鉄の斧は返しておくか？」

ところが、私の言葉に反応したのは老人ではなく、若い男だった。

「えっ……それ、じいちゃんのやつじゃん！　おい、ふざけんなよ、返せよ！」

彼は、私が持った老人の斧を見るや、鋭い目つきで食ってかかってきた。

「じいちゃんはな、毎日その斧で木切って、俺の父ちゃんを一生懸命育ててくれたんだよ。

そりゃ、今の林業はもうチェンソーしか使わねえけど、それはじいちゃんにとって大事な斧なんだよ」

「いや、しかし、その男は、自分の斧が金の斧であると偽《いつわ》ってだな……」

「金の斧みたいなもんだろ。それはじいちゃんにとって、大事な宝物なんだから」

若い男は、不敬きわまる態度で私を睨みつけながら言った。

「ほら、早く返せよ。このクソ詐欺師が！」

「クソ詐欺師だ？　その無礼な言い方を改めろ！」

私は絶叫した。しかし若い男は怒鳴り返してきた。

「いい加減にしろよこの野郎！　てめえ、この辺の人間じゃねえな」

「この辺のというか、そもそも人間じゃないと言ってるだろ！」

私が何度説明しても、若い男にはまるで理解する頭がないようだ。そんな彼が、いったん私から目をそらして言った。

「この辺じゃないってことは……俺が中学時代、何て呼ばれてたかも知らねえんだな？」

「知るわけないだろ、そんなこと」

私が呆れながらため息をつくと、若い男は、一瞬腰を落とした。そしてすぐさま、腕を素早く振りながら、こう言った。

「深山地区のダルビッシュだよ！」

びゅん、と音を立て、何かがこちらに飛んできた。

私の顔めがけて、地面に転がっていた石を投げてきたのだと、数秒経《た》ってから分かった。

もっとも、神である私に物理的に当たることはない。すり抜けて飛んで行った。

「えっ、よけた……？」

若い男は目を丸くして、私を見つめていた。

こいつはとうとう、越えてはならない一線を越えた。私に躊躇《ちゅうちょ》する理由はなかった。

「何たる無礼だ！　罰を与える！　はあっ！」

私は両手に力を込めて、若い男に向けて突き出した。

「ぐあああああっ」

若い男は、体を痙攣《けいれん》させながら地面に崩れ落ちた。その様子を見て老人が「わあっ、ヒロキ！」と叫ぶ。どうやら若い男はヒロキという名前らしい。今さらながら分かった。

そこに、機械の重低音が近付いてきた。何の音かと思ったら、四つの車輪で走る鉄箱、自動車の走行音だった。存在は知ってはいたが、実物を見たのは初めてだった。

その自動車の、右側の扉から赤い髪の男が、左側の扉から金色の髪の女が降りてきた。

先ほどのヒロキの話から察して、おそらくこの二人は兄妹で、兄がユウゴ先輩、妹がミワなのだろう。

「えっ、ヒロキ！　大丈夫？」

「おいヒロキ、しっかりしろ！」

二人は、倒れたヒロキに駆け寄ってから、ほぼ同時に私の方を見た。

「あ、あいつが……」ミワがつぶやいた。

「マジでコントみたいな格好だな」ユウゴは、私を見て少しだけ笑ったようだった。「てかあいつ、何かの撮影か？　ユーチューバーか？」

ユウゴも、ヒロキと似たようなことをつぶやいたが、ユーチューバーとやらの意味は私には分からない。

「ヒロキ、あいつにやられたの？」

ミワが倒れたヒロキに尋ねる。ヒロキは顔を歪《ゆが》めながら「うん」とうなずいた。

すると、ユウゴが私を睨みながら言った。

「おいおっさん、ヒロキが何したか知らねえけど、ちょっとやりすぎだろ。……ていうか、斧持ってんじゃん。まさか、それでヒロキのことやったのか？」

「斧で襲うって、やってることジェイソンじゃん！」ミワは恐怖に満ちた目で私を見た後、ヒロキに目を落とした。「ヒロキ大丈夫だった？　救急車呼ぶ？」

「いや、この斧でヒロキとやらを切ったわけではない。それに、そもそもこれは、私の斧ではない。そこの、ヒロキの祖父の斧だ」

私は老人を指して説明した。だがユウゴもまた、まともに理解するだけの頭を持っていなかった。

「ヒロキのじいちゃんの斧を奪って、ヒロキを襲ったんだな？　おめえ山賊みてえなことしてんじゃねえよ！　コスプレサイコ野郎が！」

「いや、だから違うんだって」私はいら立ちのあまり頭をかきむしった。「だいたい、本物の山賊を見たこともないくせに、そんな比喩表現をするな！」

「ていうか、まず斧持ってる時点で、おめえ銃刀法違反だからな。今警察呼んだらおめえ捕まるからな」

ユウゴが軽薄な口調で言ってきた。私は厳かに言い返す。

「法に違反しているのはお前たちの方だ！　神に背くというのは、この世界の法理に反しているのだからな」

「訳分かんねえこと言ってんじゃねえぞこの野郎！」

ユウゴは怒鳴り声を上げると、「おらあっ！」と足下にあった石を投げてきた。

「馬鹿っ、お前まで同じことを……」

私はほとほと呆れかえった。しかもユウゴが投げたのは、ヒロキよりもさらに大きな石だった。私が人間だったら大怪我《おおけが》をしていただろう。もちろん神だから当たらないのだが。

「この無礼者め！　ヒロキといいお前といい、どいつもこいつも愚かで直情的な、似たような思考回路をしやがって！　ええい、貴様もこうしてくれる！」

私はユウゴに向けて両手を突き出し、罰を与えた。当然ながらユウゴも「ぐあああっ」と悲鳴を上げ、全身を痙攣させて倒れる。

「先輩！」

「兄貴！」

倒れていたヒロキと、傍らのミワから、相次いで悲鳴が上がった。

「くそ、何だあいつ……ミワ、逃げろ、警察呼べ」

ユウゴが苦しそうに言った。ミワはうなずいて、「おじいちゃんも一緒に逃げよう」と、呆然《ぼうぜん》と立ち尽くしていた老人の手を引き、森の中の細道を逃げて行った。

池のほとりに残されたのは、ヒロキとユウゴという罰当《ばち》たりな若い男二人と、ユウゴが乗ってきた自動車だけだ。

「あの野郎、斧の他にも、何か武器持ってるな」

「あれじゃないっすか、この前ユーチューブで見た、アメリカの警察が使ってる……」

「ああ、スタンガンの飛ぶやつか。そうだな、体痺《しび》れたもんな」

「たぶん海外の通販とかで買ったんすよ。マジでイカれてますよあいつ」

ユウゴとヒロキは、顔をしかめながら立ち上がり、ちらちら私を見ながら、声を潜《ひそ》めて話し合っている。

「お前たち、まだ分からないのか？　これは神の力なのだぞ。刃向かっても無駄なのだ。私の前でひざまずき、己《おのれ》の行いを悔い改めるのであれば、許してやるのだぞ」

私はいら立ちを抑えながら、神としての度量の大きさで、情けをかけてやった。

ところが、ユウゴは私の寛大さをまるで察することなく、ぬけぬけと言い放った。

「うるせえ、てめえの方こそ、謝《あやま》るなら今のうちだ」

「なぜ私が謝るんだ！　口を慎《つつし》め！」

「もういい、あいつぶっ殺そうぜ」

ユウゴが顔を紅潮させて言った。ヒロキも「そうっすね」とうなずいた。さすがに聞き捨てならなかった。

「神を殺すなどと軽々しく口にするとは、許すわけにはいかんぞ！　おいお前ら！　さすがに今のは……おい、ちょっと、聞いてるのか！」

池のふちまで行って声をかけた私をちらっと一瞥《いちべつ》してから、ユウゴとヒロキは自動車に乗り込んだ。すぐに自動車がブオンと重低音を発した。いわゆるエンジンがかかったという状態だろう。

「てめえ、マジでぶち殺すかんな！　おらあっ！」

ユウゴは開いた窓から叫ぶと、池のふちに立つ私に向かって、自動車で突進してきた。

「愚か者めが！」

私は両手を突き出し、手のひらを外側に向けて、左右にぐっと開いた。その動きに従って、自動車はバリバリと音を立てて真っ二つになる。神の力をもってすれば、こんなこともたやすいのだ。

「ぎゃあああああっ」

「ちくしょう、バケモンだ！」

自動車から投げ出されたユウゴとヒロキは、さすがに恐怖を感じたようだった。

そこに、大音量のサイレンが聞こえてきた。ほどなく、白と黒に塗装され、屋根に赤い照明がついた自動車が近付いてきた。たしかこれは、パトカーと呼ばれる、警察官が乗る自動車だ。さっき逃げ出したミワという女が呼んだのだろう。

ヒロキとユウゴは、恐怖に満ちた目で私を一瞥すると、並んで駆け出して、パトカーの方へ逃げて行った。そして、私の方を指差しながら、中の警察官に訴えた。

「おまわりさん！　あいつマジやばいっす！」

「車ぶっ壊されたんですよ！　マジで銃だけじゃ危ないっすよ！」

「車がぶっ壊された？　いくらなんでもそんな……」

怪訝な表情でパトカーから降りてきた警察官だったが、私の姿と、私が先ほど両断した車を見て顔色を変えた。

「えっ……うわっ、本当だ！」

さらに、もう一人の警察官が降りてきた。そして私に向かって言った。

「ちょっと、そこの君！　何やってるんだ！　その刃物を捨てなさい！」

「おい、刃物を捨てて両手を上げろ！」

警察官二人はそう叫ぶと、両手に持った黒い物体を、私に向けて構えた。やはり実物を見るのは初めてだったが、それが拳銃だということは知っていた。

「馬鹿な……どいつもこいつも、揃いも揃って神に刃向かうとは……」

私は、頭がくらくらするほどの強い怒りを覚えていた。社会秩序を守るための公僕であるはずの警察官すら、軽薄な若者二人の言い分を鵜呑《うの》みにして、私が悪であると決めつけているのだ。そして、人間界では最も危険な部類の武器であるはずの拳銃を、私に向けているのだ。

もう、何を話すのも面倒だった。力で分からせるしかない。そう確信した。

「うおおおおっ！　全員まとめて天罰だあああああっ！」

私は怒りを爆発させた。私を中心に、森の木々がばきばきと音を立てて放射状に倒れ、警察官が乗ってきたパトカーも、先ほど私が両断した自動車の残骸も吹き飛ぶ。もちろん人間たちも、強風に舞う落ち葉のごとくすっ飛んでいく。

「わあああああっ」

「ぎゃああああっ」

「助けてえええっ！　神様〜っ、仏様〜っ！」

警察官の一人が口にしたその悲鳴を聞いて、私はますます腹が立った。

「その神様が私なのだ！　なぜそれを理解しようとしないのだ！　しばらく私が出てこない間に、お前たち人間は、神と不審者の区別さえできなくなったのか！　この愚か者どもめが！　天罰だ、天罰をくれてやる！　とことん天罰をくれて、神の恐れ多さを思い知らせてやる！」

私はさらに木々をなぎ倒し、空に積乱雲を発生させて次々と雷を落とし、不敬な人間どもにとびっきりの恐怖を与えてやった。悲鳴を上げながら逃げ惑う人間どもの姿に、私はどこか恍惚感さえ覚えていた——。

激しい天罰の様子を収めた映像がぴたっと止まり、すぐに画面が暗くなった。

「はい。このようにね、実に不愉快な映像を見ていただきましたけど……これが、最近の神の世界では、最悪ともいえる不祥事ですね」

講師は呆れたように言ってから、人間界でいうところのプロジェクターのような機械を止め、教室の明かりをつけた。そして、研修中の若い神々に向けて語った。

「何百年も働いてないような神がサボってないか確認するために、天上界から監視カメラでモニタリングしてたんですけどね。そのカメラの前で、彼はあんな大不祥事を犯してくれちゃいました。まあそのおかげで、新神《しんじん》研修の格好の教材にはなりましたけどね」

講師の神は、教壇に向けて歩きながら話を続けた。

「この大不祥事の後始末のために、すぐにエリアマネージャーがすっ飛んでいって、神通《じんずう》力《りき》で壊した物を全部直して、人間のみなさんに負わせた怪我も治して原状回復した上で、最後に人間のみなさんの記憶をリセットして事なきを得ましたけどね。今見てもらった池の神は、あの後すぐに資格剝奪《はくだつ》の処分が下りました。まあ、天上界でニュースにもなりましたから、覚えてる方も多いと思いますけど、当然の処分ですね。あんな傲慢《ごうまん》な神は、今の時代とても受け入れられません」

講師神は教壇の前に立つと、まだ齢《よわい》数百程度の若い研修神たちに向けて語った。

「我々のような神が、人間界に現れただけで、ひざまずいて崇《あが》めてもらえたのは昔の話。今はそうはいきません。科学がめざましく進歩した今、人知を超えた神の力を目の前で発揮されたところで、人間はそれが神の力だとは思わずに、何かしらの科学的な現象だと思っちゃうんですね。それこそ昔は、神が空に姿を現しただけで、みんな『ありがたや〜』ってひざまずいてくれましたけど、今は『何あれ、プロジェクションマッピング?』なんて言われちゃうのがオチなんです。そしてそれは、決して人間の堕落でもなければ不信心でもない。仕方ないことなんです。なのに一方的に人間に対して怒りをため込んで、最後に天罰をぶちまけるなんて、神として言語道断《ごんごどうだん》の行いです」

講師神はため息をついてから、先ほどの映像を振り返って一気に語った。

「だいたいね、池に斧を落とした人間に対して金の斧か銀の斧か聞くとかいうね、大昔のやり方に頑迷にこだわってたもんだから、あんなトラブルが起きちゃったんです。最初に相手の顔や年齢を確認しないまま話を進めちゃったのも大間違い。みなさんも最新の人間の動向、とりわけ高齢化社会の実情なんかについても勉強してると思いますから、あのおじいさんに認知症の症状が出てたことも分かりましたよね。それこそ、神に対して『財布盗んだろ！』って怒鳴った場面なんて、人間の介護業界で『物盗《と》られ妄想』なんて呼ばれてる、典型的な認知症の初期症状でしたからね。そんな方に対して、神手帳を頼りに長々と検査のまねごとをしたあげく、しまいに無礼だとか罵《ののし》ったあの神は、もう最悪としか言いようがありません。それに、おじいさんのお孫さんやその知人も、あんな天罰を与えるべき悪い人間だったのかというと、決してそんなことはありません。そりゃ、たしかに見た目は少々不良っぽかったですし、神に向かって石を投げたり、最終的に車で突っ込んだりしちゃいましたけど、あんな反抗は神からすれば可愛いもんですし、そもそもあれだって、おじいさんの大事な斧を盗まれたと思ったことによる、いわば真っ当な怒りだったわけです。彼らが日頃良い行いをしてたことも、さっきの映像から読み取れましたよね。あのヒロキさんなんて、すごくおじいさん思いで、認知症が始まったおじいさんのためにGPSの端末をわざわざ買ってきたなんて話もしてました。ヒロキさんとユウゴさんは、今もあの地域で林業に従事してるようですけど、ああいった少子高齢化が進んだ過疎地域で林業を再興させようと頑張ってる若者は、すごく貴重な存在なんですね。そんな地域を支える大事な若者に対して、神の立場であんなひどい暴力を振るうなんて……。本当にね、同じ神として情けないですよ」

講師神は、悔しそうに涙さえ浮かべた後、改めて研修神たちに語りかけた。

「とにかくね、今の時代、昔のように偉ぶった神ではとても勤まりません。この研修を通じてみなさんには、現代の人間に寄り添い、人間を尊重するような、今の時代にふさわしい神になってもらわなきゃいけません。みなさんに覚えてもらいたいのは、この言葉につきます」

講師神が、ホワイトボードに大きく文字を書く。そして「はい、みなさんご一緒に」と声をかけ、その標語を研修神たちに復唱させた。

「人間様は神様です」

「人間様は神様です！」

「この言葉をね、これからみなさん神としてやっていく上で、くれぐれも忘れないでください。それじゃ、続いてテキストの四十七ページを開いてください……」

ショートショート　貴様

放課後の職員室に、一人の女子生徒が入ってきた。

「失礼します。西島《にしじま》先生、ちょっと質問があるのですが」

彼女は、男性国語教師の西島の机へと歩いて行き、持参した教科書を開いた。

「はいはい、何ですか」

西島教諭は、翌日の授業の準備をしていた手を止めて、女子生徒の方を向いた。

「あの、古文の単語で、ちょっと分からないところがあるんです」女子生徒が言った。

「今日の授業で読んだ、仮名草子《かなぞうし》『是楽物語《ぜらくものがたり》』の中に、『とかく貴様の本望をとげさしめ侍《はべ》るべし』という文が出てきたんですけど、この『貴様』という単語は、目上の相手に対する敬称として使われてるんですよね？」

「ええ、そうですよ」

西島教諭は優しくうなずいた。女子生徒が続けて質問する。

「でも、先週の授業で読んだ、漫画『北斗《ほくと》の拳《けん》』の中には、『貴様には地獄すら生ぬるい！』という台詞が出てきたんです。ここでいう『貴様』というのは、相手に対する敬称ではありませんよね？」

「お、いいところに気が付きましたね」西島教諭は微笑《ほほえ》んだ。「この『貴様』という単語は、『是楽物語』が書かれた江戸前期までは、目上の人への敬称として使われていたんです。ところが、なぜかその後、同等以下の人に対する失礼な呼び方に変わってしまったんですよ。『北斗の拳』が描かれたのは、昭和末期から平成初期ですからね。この頃には『貴様』は、相手を侮蔑《ぶべつ》するような呼び方として使われていたんです」

「なるほど、そうだったんですか」女子生徒は納得してうなずいた。「時代とともに言葉の意味が正反対になってしまうだなんて、日本語って本当に不思議ですね、先生」

女子生徒はそう言って、西島教諭に微笑みかけた。

それに対し、西島教諭は眉をひそめた。

「あなたねえ……勉強熱心なのはいいですけど、教師に向かってそんな言葉遣いはないでしょう」

「あら、私、何か失礼なことを申し上げましたでしょうか？」

「ほらほら。まったく、『失礼なことを申し上げましたでしょうか？』だなんて、先生はあなたの友達じゃないんですよ。さっきからずっと我慢して聞いてましたけど、ここは職員室なんですから、もっときちんとした丁寧な言葉を使ってください」

西島教諭に厳しくとがめられ、女子生徒は口を尖《とが》らせた。

「ちぇっ……はいはい、分かったよ先公。こういうふうに喋《しゃべ》ればいいんだろ？　こんちくしょうめが」

「そうそう。やればできるじゃありませんか」

「んじゃ、あたしゃそろそろ帰っからよ。あばよ糞《くそ》先公、邪魔したな」

「分からないところがあったら、またいつでも質問にいらっしゃいね」

「おう上等だ。また来てやるから首を洗って待ってやがれ。くたばれ先公。糞して寝ろ」

女子生徒は、最上級の丁寧な言葉遣いでぺこりと一礼すると、職員室のドアに向かって歩き出した。その背中に向かって、西島教諭が声をかける。

「そうだ、最近風邪が流行《はや》ってるから、体調管理に気を付けるんですよ」

すると女子生徒は、くるりと振り返り、奥ゆかしく中指を突き立てながら、可憐《かれん》に微笑んで丁寧な言葉で返事をした。

「おう、貴様もな」

一気にドーン

「アンチエイジングは努力です。努力は必ず報われます」

美顔ローラーや小顔トレーニンググッズなどが載ったテーブルの傍らに立ち、私はカメラ目線で語る。

「この私が五十五歳なのが、何よりの証拠です」

そんな台詞の後、しばらくカメラ目線をキープして、大袈裟《おおげさ》すぎない程度のポージングをする。これが通販番組のいつものパターンだ。

人は私を「アンチエイジングのカリスマ」と呼ぶ。見た目は二十代後半ぐらい、三十代後半とか四十代だったとしても「お若いですね」と驚くレベル、なのにまさか五十五歳だなんて信じられない。――みんなからそう言われる。

ただ、今でこそカリスマと呼ばれる私も、下積み時代は長く険《けわ》しいものだった。

学生時代は学年でトップレベルの美人だった。でも芸能界というのはそういうレベルの人が集まっているわけで、私程度の美人はごまんといるのだと、芸能人を目指し十八歳で上京して早々に思い知らされた。モデルになれるほどスタイルがいいわけでもなく、際《きわ》だって演技がうまいわけでもない。小さな芸能事務所のオーディションには受かったが、再現ドラマや、チラシのモデルや、エキストラとさほど変わらないレベルの端役《はやく》のオーディションを、アルバイトをしながら受ける日々を過ごすうちに、気付けば三十代に突入していた。

　やがて、芸能事務所に籍を置いたまま、派遣社員として働くようになり、その職場の同僚と結婚した。それを機に実質的に専業主婦になり、まあこれはこれで幸せかな、なんて思っていた結婚三年目に、夫の浮気が発覚。とても一生添い遂げる気にはなれず、離婚を決断した。それからまた、売れない女優兼派遣社員という元通りの生活に戻ったものの、生活は苦しく、いよいよ四十歳を過ぎて人生を後悔し始めた頃に、思わぬ追い風が吹いたのだった。

「国崎《くにさき》さんって、そういえばずいぶん若く見えますよね」

　芸能界において、とりたてて言うほど美人ではないけど、若く見えるのは間違いない。そんな私の特徴に、事務所のマネージャーが気付いてくれたことが転機になった。

「試しに一回、『若見え』のモデルとして売り込んでみますね」

　マネージャーがそう言った翌月、「仕事決まりましたよ」と報告され、通販番組で「国崎香奈子《かなこ》さん、なんとこの見た目で四十二歳」と、化粧品の宣伝モデルとして起用された。それから、同様の通販番組や女性誌などのモデルの仕事がぽつぽつ舞い込んできて、やがて「ぽつぽつ」ではなく「どんどん」になり、副業を辞めることができた。四十五歳を過ぎた頃には、女性誌で「国崎香奈子さんに学ぶ若見え術」なんて特集が組まれるぐらいになった。

そして五十歳を過ぎると、一気にドーンと仕事が増えた。「若く見える」という個性は、年を取れば取るほど価値を増していくのが強みだった。テレビのバラエティ番組やドラマの脇役のオファーも来て、最初はちょこちょこ出たけど、やがて「モデルとしてのカリスマ性が薄れるから」という事務所の方針で出なくなった。まあ、トークでも演技でもさしたる成果を出せなかったので、それは仕方なかったと思っている。むしろ、第一線の芸能人たちを間近に見られただけで、いい思い出作りになったと思っている。

仕事を絞っても、暇になるどころかむしろどんどん忙しくなり、収入もうなぎ登りだった。五十五歳となった今では「アンチエイジングのカリスマ」「美のエキスパート」などと呼ばれ、仕事はひっきりなしだ。アンチエイジングは努力。私のようになりたければアンチエイジンググッズを買って日々使用すること。——そう言い続けることで、莫大《ばくだい》な数の美容グッズが売れる。その利益の一部が私に入ってくる。一部といっても全体が大きいので、金額は相当なものだ。すでに私は、一般人の一生どころか三、四生分ぐらいの稼ぎを手にしただろう。四十歳過ぎまで売れていなかったのが嘘のようだ。

ここ何年かは、ワタリビューティーケアの広告塔としての仕事が、最も大きな収入源だ。ワタリビューティーケアといえば、私よりもよっぽど出たがりの名物女社長、渡好美《わたりよしみ》が率いる、美容業界の大手企業だ。そもそも、「アンチエイジングのカリスマ」という私のキャッチフレーズも、渡好美社長が考案したのだ。私と好美社長が並んで立った写真の下に「アンチエイジングは努力。努力は必ず報われる」という標語が書かれた巨大ポスターは、都内でちょくちょく目にする。私に比べたら、好美社長はまあまあ年相応に老けた七十代のお婆《ばあ》さんだから、私と並んで立ったら社長の老け具合が強調されちゃうんじゃないかな、まして「アンチエイジングは努力」なんて標語がその写真の下に書かれてるんだから、社長が努力不足だってみんなに思われちゃうんじゃないかな——とも思うけど、もちろん私の口から言うことなんてできないし、好美社長はそれでも人前に出たがる。まあ、目立ちたがり屋さんなのだろう。それに関しては私自身も全然否定できないので、とやかく言えることではない。私だって元々は芸能人を目指していたわけだし、カリスマと崇められてチヤホヤされる今の生活が楽しくて仕方ない。

結局、私にとって一番の快感は、チヤホヤされることだ。承認欲求が満たされることが、アンチエイジングの一番の秘訣《ひけつ》なのかもしれない。「メチャクチャ若く見える」「五十五歳とはとても思えないぐらいキレイ」——もう耳に巨大ダコができるぐらい言われてきた言葉だけど、やっぱり何度言われてもうれしい。自分でも、私は本当に若く見えると思う。ただ、三十代からずっとはっきり言って三十手前から少しも変わっていないような気がする。

っとアンチエイジングができていたのだとすると、承認欲求が満たされることが最大の秘訣という仮説は当てはまらなくなる。だってあの頃は全然売れていなかったのだから。

まあ、理由なんてどうでもいい。私は若く見えるから若く見える、それだけなのだ。空が青いことだって地球が丸いことだって、別に理由なんていらない。

正直、美顔ローラーやら小顔トレーニングやらの成果ではない。そのことは自分が一番よく分かっている。なぜなら私は、毎日のように宣伝しているあの手のグッズを、本当は全然使っていないからだ。

そもそも、元からあんな物は使っていなかったのだ。使っていない状態で「若見え」だったのだ。なのにどうして新たにあんな物を使い始めなければいけないのか。美顔ローラーとやらを以前少しだけ使ってみたけど、結構痛かったし、嫌になってすぐやめた。でも全然老ける気配はない。正直あんなローラーなんて、使った方が皮膚が傷んで老化が加速するんじゃないかとすら思う。

そんな私が、ワタリビューティーケアの広告塔として、「この美顔ローラーを使ってるから若く見えるんです」なんてスタンスをとり続けていることは、詐欺のようなものだという自覚はある。でも、生まれつき美人なのに、さもその化粧品を使っているから美人であるかのように装ってＣＭに出るなんてことは、売れている女優のほぼ全員がやっていることだ。私が詐欺師なら、世の美人女優はみんな詐欺師ということになるだろう。

だから、これでいい。このままでいい。私はきっとこれからも若く見えて、チヤホヤされ続ける。そして面白いように金が入ってくる。十代の頃から夢見ていた生活を、想像よりはだいぶ遅かったものの、ついに手に入れることができたのだ。

こんな日々がこれからもずっと続いていくのだ。最高じゃないか——。私は今日まで、そう信じ切っていた。


今朝、私はいつも通り自宅マンションで目覚めて、洗面所に行った。朝起きたらまず、水素やらイオンやらが発生する洗顔器と、なんちゃらオイルを使って顔を洗うのが私の日課——ということになっているが、実際はそんな面倒なことはしない。ただ普通の水道水で顔を洗うだけだ。なんちゃらオイルのなんちゃらの部分は、それを発音しなければならない仕事の前だけ暗記して、その仕事が終わったらきれいさっぱり忘れる。あの手の美容グッズのトレンドなんてしょっちゅう変わるから、いちいち覚えていられないし、覚える意味がない。なぜなら私は使わないから。

今日はたしか、昼前からワタリビューティーケア一社提供の通販番組の収録、午後が雑誌の取材だ。通販番組では、新商品のスーパーフードを紹介するのだ。どこかの先住民が食べているというカタカナ四、五文字の食べ物を、私も最近食べているという設定で話を進める台本だったはずだ。マネージャーの迎えが来る前に、まずはその四、五文字を暗記するか――なんて考えながら水で顔を洗い、顔を上げて鏡を見た。

「うわああっ」

思わず声が出た。驚いて飛び退《の》き、後ろの棚に背中をぶつける。背骨を打って痛みが走ったが、それどころではない。改めて、洗面所の鏡をまじまじと見る。

「うそっ……何これ、何なの？」

自分の顔を触りながら、私は大きな声で独りごとを言った。それほど衝撃的な事態が、まさに目の前で起きていた。

鏡に映る私が、まるで別人になっていたのだ。

そこにいたのは、お婆さんだった。

でも、私が動く通りに、鏡の中のお婆さんも動いている。私が最初に「うわああっ」と叫んで後ろに飛び退いた時も、その後顔を触りながら独りごとを言った時も、鏡の中のお婆さんは寸分の狂いもないタイミングで同じ動きをした。まあ、目の前の鏡の中にいるのだから当然なのだが、このお婆さんは私だということだ。昨日までツルツルだった額にも目尻にも口元にも深い皺が刻まれ、昨日まで一本もなかった白髪《しらが》が頭の大部分を占領し、昨日まで一つもなかったシミが至るところに現れた、完全なるお婆さんに、私はなってしまったのだ。

「信じらんない……」

つぶやいたその声も、しわがれていた。寝起きだからではない。声もしっかり老化しているようだった。

ドッキリか何かで、寝ている間に特殊なマスクでもかぶせられたのではないかと思って、頰《ほほ》を引っ張ってみた。でもたしかに痛い。間違いなく私の皮膚だった。また、結果的に頰をつねった痛みで、これが夢ではないことも確認できてしまった。悲しき一石二鳥だ。

なんということだ。私は一晩寝ただけで、急にお婆さんになってしまったのだ。つい昨日まで、二十代後半の見た目を維持していたのに、一気に六十代後半ぐらいの見た目になってしまったのだ。浦島太郎状態、という言葉がふと頭に浮かんだ。本来は、海外に長く滞在していた人が久々に日本に帰ってきて、流行などが分からなくなっている場合に使う言葉だけど、今の私は「浦島太郎状態のルックスバージョン」だ。見た目だけが、まさに玉手箱《たまてばこ》を開けたかのように、完全なるお婆さんになってしまったのだ。

昨日何か不健康なことでもしただろうか、なんて考えてみたけど、特に何もしていない。暴飲も暴食もしていないし、睡眠時間もいつも通りだったはずだ。最近疲れが溜《た》まっていたとか、体が不調だったなんてこともない。というか、これはたぶんそんな次元の問題ではない。いくら体に悪いことをしたからって、一晩で一気に四十歳分ぐらい老け込むなんてことはありえないだろう。

これはどういうことなんだろう。いったい何が起きてしまったんだろう。鏡の中の自分を見て、混乱する頭でどうにか考えているうちに、私なりの解釈が浮かんできた。

結局、私は単に、こういう体質だったんじゃないか。

「一気にドーンと老けるタイプの人」だったんじゃないか――。

普通の人は、年を取ると徐々に見た目が老化していくが、私は年を取ってもほとんど老化せず、若い見た目のままだった。私はアンチエイジング体質で、これからもずっと若々しい見た目を維持し続けられるのだろうと、ついさっきまでは思っていた。でも、そうじゃなかったんじゃないか。永遠に老けないわけではなく、実は体の中で老化を溜めに溜めて、一気にドーンと老けるタイプだったんじゃないか。

ただ、それにしても、ずいぶん長い年月溜めたものだ。たぶん私は二十代後半からほとんど老化していないから、五十五年の人生の半分ぐらい、二十七、八年ぐらい、ずっと老化を溜め続けていたのだ。それが一晩で、一気にドーンと解放されてしまったのだ。というか、どうやらそのドーンの勢いが強すぎて、普通の五十五歳より老けてしまっているのだ。正直、鏡に映る私は、五十五歳だとしても老けている。六十代後半ぐらいに見える。チョロQを後ろに引けば引くほど、前に進む距離も長くなるのと同じような感じだ。ん、この例えはちょっと違うか？　まあいいや。

考えてみれば、今までがそもそもおかしかったのだ。「アンチエイジングは努力です」なんて表向きは言っていたけど、実際は何一つ努力などしていなかった私が、全然老けなかったのには、やっぱり裏があったのだ。もちろん、こんなことが起きてしまって悲しい。現に鏡の中の私は涙を一筋流している。でも、そんな別人のように老けた泣き顔を見ながら、心の片隅には「まあしょうがないか」という冷めた思いがあることも自覚していた。見た目が若いという、ただそれだけのことで十年以上チヤホヤされて、普通の人には到底稼げない額のお金を稼いで、普通の人が経験したくてもできないことをいっぱい経験できたのだ。そんな日々が今日突然終わったのだとしても、文句を言う資格があるだろうか。私は十分恵まれた人生だったはずだ。

受け入れたくはない。でも、受け入れるしかないだろう。

とりあえず、事務所に連絡しなければならない。この顔はメイクでごまかせるレベルではないのだから、今日の仕事はキャンセルするしかないだろう。今日というか、たぶん今後の仕事も全部キャンセル、というかモデルは引退するしかないのだろう。もしかすると、一晩でこれだけ老けたのと同じように、また一晩寝たら昨日までと同じように若返っているということもありえるのではないか――なんて希望もふと頭をよぎったけど、たぶんないような気がする。自分の体のことだから、なんとなく自分で分かる。

まあ、とにかく残念だけど仕方がない。マネージャーの小野《おの》に電話をかけよう。そう思ってスマホを手に取った時、重大な事実に気付いた。

スマホを使えないのだ。

そうだ、この機種は顔認証でロックが解除されるのだ。スマホのカメラが、手に取った人間の顔を認識して、持ち主本人だったらすぐに使える一方、本人でなければロックがかかって使えない。暗闇でも赤外線カメラで持ち主の顔を認証できて、マスクをしていても認証できるように以前マネージャーに設定してもらったけど、さすがに一晩寝ただけでまるで別人の顔になってしまった私のことは、持ち主だと認識してくれないようだった。

となると、パスコードというやつを入れるしかないんだけど、もう長いこと顔認証で不自由なく使っていたから、全然思い出せない。試しに誕生日を入れてみたけどダメだった。私の誕生日なんてネット検索すれば簡単に分かるので、きっと用心して他人には分からないパスコードを設定したんだろうけど、それが自分でも分からなくなってしまったのだ。どこかにメモしたような気もするけど、そのメモの場所も思い出せない。これは今パニック状態だからなのか、それとも老化なのか。ひょっとして顔と同様に、脳も一晩で一気にドーンと老化してしまったのか。いや、でも物忘れは前から年相応に多くなっていた気がするから、ただ単に思い出せないだけなのか……。なんて考えながら右往左往していた時だった。

突然、手の中のスマホが激しく振動した。驚いて思わず「わっ」と声が出てしまった。

もしかして最近のスマホは、持ち主じゃない人間が長時間持っていると、番犬が侵入者に吠《ほ》えるみたいに、「誰だお前、手を離せ！」的な感じで威嚇《いかく》して振動するのか——なんて一瞬だけ思ったけど、画面を見てすぐ気付いた。「小野」と出ている。マネージャーの小野から着信があったのだ。

幸い、相手からかかってきた場合は、ロックを解除しなくても通話できる。助かった。ありがとう小野。——私は感謝しながら電話に出た。

「もしもし、小野？」

「おはようございます、国崎さん。今日の入り時間なんですけど……」

二十五歳の青年である小野が、普段通りの爽やかな声で言いかけた。私はそれを遮《さえぎ》る。

「ああ、小野、ちょっと待って、落ち着いて聞いて」

そして私は、意を決して言った。

「私、老けちゃったの。もう仕事はできないの、ごめんなさい」

少しの沈黙の後、小野が返した。

「アハハ。どうしたんですか？　まあ、いくら国崎さんでも、多少は老化を感じることもありますよ。でも、十分若々しいですから大丈夫です。自信持ってください」

「いや、そういうことじゃないの。ていうか、そういう次元じゃないの」私は改めて訴えた。「一晩寝ただけで、一気にドーンと老けちゃったの。今の見た目なんて、本当に六十代ぐらいの……」

「もしもし、国崎さん!?」

小野が、私の言葉を遮ってきた。普段はそんな真似《まね》はしない男なのに。

「あの……国崎さん、ですよね。ちょっと、声が違うような……」

「ああ、そうなの。声もね、ちょっと老けちゃったみたいなんだけど……」

「とりあえず、すぐ行きますから、お待ちください」

緊迫した声で短く言って、小野が電話を切った。

ちゃんと分かってくれただろうか。少し不安にはなったが、直接会えば分かってくれるだろう。小野は若手ながら仕事のできる男だ。事態を冷静に把握してくれるはずだ。

ほどなく、オートロックのチャイムが鳴った。表参道《おもてさんどう》の事務所と、このマンションはすぐ近くなのだ。

　オートロックを開けてやる。小野がいつも通り、カメラに向かって黙礼してからエレベーターに乗り、すぐに三階のこの部屋のチャイムが鳴った。最初はびっくりされるだろう。私は深呼吸を一つしてから、カードキーをかざして玄関のドアを開けた。

「えっ……」

　私を見た小野は、やはり目を見開いて絶句した。

「びっくりしたでしょ小野。私もびっくりしたよ。まさか、朝起きたら突然こんな姿になってるなんて……」

　私が説明しかけたのを遮って、小野が低い声で言った。

「誰だよ、あんた」

　小野は、今まで私に見せたことのない怖い顔で、私を睨みつけていた。

「えっ？　あ……そっか」

　そうだ、そうなっちゃうんだ。まったく自覚できていなかった。私は、鏡の中でまるで別人になっている私を見ても、この体が私のものだという自覚があったし、鏡の中のお婆さんが私とまったく同じ動きをするのを目の当《ま》たりにしたから、これが私なのだと認識できた。でも小野は違うのだ。小野は今の私を見て「こいつは国崎香奈子じゃない」と思って当然なのだ。

「あ、あのね小野、信じられないと思うけどね、私は本当に国崎香奈子で……」

「そんなわけないだろ。お前、何者だ！　国崎さんに何したんだよ！」

　両肩を強くつかまれた。

「いたた……落ち着いて、話を聞いて！」私は小野の両手をタップしながら訴えた。

「私は本当に国崎香奈子なの！　ほら、好物がミックスナッツで、いつも楽屋に置いてもらってて……」

「ああっ、そこまで知ってるってことは……」

　小野は両手の力を緩めた。よかった、ようやく分かってもらえた——。

　と、思いきや。

「てめえ、ガチのストーカーだな！」

　小野はますます怖い顔になってしまった。そして、肩から離した両手で、そのまま私の首を絞《し》めてきた。

「ぐっ、ぐうう……や……やめ、て……」

　まずい、声が出ない。苦しい。本当に殺される。

「ふざけんな……てめえ、国崎さんに、ひどいことを……」

見ると、小野の目が潤《うる》んでいた。本気で私のことを、国崎香奈子を名乗る赤の他人だと思っているから、国崎香奈子はわけの分からないストーカーに部屋に侵入され、最悪の場合すでに殺されてしまったのではないかと思っているようだ。

「ちくしょう！」

小野は私を廊下に投げ飛ばすと、部屋の中へ駆け込んだ。

「国崎さん！　国崎さあん！　僕です！　小野です！　助けに来ました！」

部屋の中で大声を上げながら、小野はどたどたと歩き回った。クローゼットや寝室など、あらゆるドアを開けている音がする。

「もう大丈夫です、だから返事してください！　国崎さん、お願いです……返事して……返事してくださあい！」

小野が涙声になっていく。私は、絞められた首と、廊下の床に打ちつけられた背中を押さえながら、ようやくまともに呼吸ができるようになり、なんとか立ち上がった。

「ちくしょう！　ちくしょう！　どこだ！」

小野が地団駄《じだんだ》を踏んでいる音が聞こえる。

「やめて小野……私はここにいるの！」

私は声を裏返して訴えた。すると小野が、廊下につながるドアを開けて顔を出した。

「てめえ……正直に答えろ。国崎さんを殺したのか？」

真っ赤になった目で私を睨みつけ、小野は尋ねてきた。

「だから違うの！　私が国崎香奈子なの！」

「本気でそう思い込んでるふりをすれば、精神鑑定で無罪になると思ってんのか……」

いったん、小野がキッチンの方へ消えた。

戻ってきた彼の手に、包丁が握られていた。

「許さねえ……国崎さんの仇《かたき》だっ！」

小野はそう叫んで、長い廊下の向こうから突進してきた。

「いやあああっ」

私は悲鳴を上げながらも、このままでは殺されるという危機感から、自分でも驚くほど迅速《じんそく》に動いた。玄関のシューズボックスの上のカードキーをつかみ、サンダルを履き玄関のドアを開けて外に出て、すぐに閉めて、外からカードをかざしてロックする。ぎりぎりで間に合った。内側から、どすんと小野が突進してきた衝撃があり、さらに「開けろっ、ちくしょう！」という叫び声と、どんどんとドアが叩かれる音が聞こえてきた。

この部屋の玄関は、施錠後はカードキーがないと中からも開かないので、結果的に小野を閉じ込めてしまった。とはいえ、忠実なマネージャーに刺し殺されるという悲劇は避けることができた。

とりあえず逃げるしかない。今から小野を説得しようにも、殺される方が先になってしまうだろう。皮肉なもので、私が本当に国崎香奈子なのだと主張すればするほど、小野は私のことを「国崎香奈子の家に忍び込んで、自分が国崎香奈子だと言い張っている異常者」だと思ってしまって、「こんな異常者に襲われた国崎さんは、きっともう殺されているのだろう」という思いを強くしてしまうのだ。まずはそんな小野からできるだけ離れなければいけない。今から小野に、ベランダの救助袋でも使って外に出られたら、また見つかって今度こそ殺されてしまうかもしれない。私は急いでエレベーターに乗り、エントランスに下りて外に出た。

そこで気付いた。

ああ、やっちゃった！　もうマンションにも戻れなくなっちゃった！

なぜなら、このマンションのエントランスも顔認証なのだ。住人に中から開けてもらわない限り、カードキーだけでは通れないのだ。そして、スマホも財布も部屋に置いてきてしまった。ああ、これは取り返しのつかないミスだ。今の私は、もう入ることができないマンションのカードキーだけを持った、サンダル履きで部屋着姿の、無一文のお婆さんなのだ。

こうなったら警察に出頭した方がいいか。それで私が本当に国崎香奈子だということを証明できれば……と思いかけたけど、どうすれば証明できるだろう。指紋とかDNAとかって、年を取ると変わるんだっけ？　私はそういうことは全然知らない。周りが引くほど無知で馬鹿だということは自覚している。クイズ番組も、名前が売れ始めた頃に一回出て大恥をかいたので、それ以来事務所NGになっているほどだ。

とりあえず、誰でもいいから事務所の人間に、私が私であることを分かってもらえないか。そう思って、家から近い事務所のビルまで歩いて、周りをしばらくうろついてみたけど、誰も出てこない。中に入ろうにも、受付の警備員に捕まるのがオチだろう。う〜ん、どうしたらいいか……。

悩んでいたら、パトカーが来た。そして、事務所のビルの前に停《と》まった。

ああ、たぶん私の件でやってきたのだ。マンションの部屋に閉じ込められた小野が、「国崎さんの部屋に知らない婆さんがいて、自分が国崎香奈子だと言い張っていて、しかも本物の国崎さんの姿が消えていて、その婆さんに逃げられた上に、部屋に閉じ込められてしまった」といった報告を、事務所に電話して伝えたのだろう。そして事務所から警察に通報があったのだろう。

これでもう、事務所の人間には頼れない。というか、たぶん自宅や事務所があるこの辺からは離れた方がいいだろう。警察に捕まっちゃうのは、たぶんダメだと思う。指紋とかDNAとかで、私が国崎香奈子だと証明できるのかもしれないけど、証明できないのかもしれない。あれってやっぱり、年を取るとちょっとずつ変わっちゃうんじゃなかったっけ？　だから一晩で急に年を取った私は、ちゃんと国崎香奈子だって判断してもらえないのかもしれない。最悪の場合、私は警察によって「国崎香奈子を殺害して死体をどこかに隠した上に、自分が国崎香奈子だと主張し続けている異常殺人者」だと正式にみなされて、殺人犯として裁かれて、牢屋《ろうや》の中で一生を過ごすことになるのかもしれない。そんな心配がある以上は、やっぱり警察からも逃げなくちゃいけない。

とりあえず、できるだけ遠くまで歩くしかない。もちろんタクシーなんて乗れない。しかもよりによってサンダル履き。それでも私はひたすら歩いた。パトカーの音が聞こえたり、交番を見かけるたびに方向転換して、次第に自分でもどこを歩いているのか分からなくなって、足がどんどん痛くなってくる中、気付いたら新宿まで来ていた。こんな距離を歩いたのは、たぶん十年以上ぶりだ。

時刻はもう昼過ぎ。ランチタイムの飲食店からおいしそうな匂いが漂ってくる。朝から何も食べていないからすさまじい空腹なんだけど、同じく朝から一度もトイレに入っていないから、空腹をかき消すほどの尿意がある。さすがに限界だったので、ちょうど見えてきた家電量販店でトイレを借りることにした。

トイレで用を足した後、喉が渇いていたので手洗い場の水を飲む。鏡に映る、水を手ですくってがぶがぶ飲む老婆。これが昨日までまぎれもないセレブだった私なのだ。まさかこんなことをする日がくるなんて――。惨《みじ》めで泣きそうになったが、泣いている暇などない。これからどうするか考えなくてはいけない。私はトイレを出て歩き出した。

誰でもいいから、この老け込んだ私が本当に国崎香奈子なのだと証明してくれる人に会いに行かなくてはいけないだろう。その人と私しか知らないようなエピソードを話して、「ああ、たしかにあなたは、顔は全然違うけど国崎香奈子さんだ」とその人に思ってもらって、証人になってもらえれば、他のみんなも説得できると思う。でも、両親はすでに二人ともこの世を去っているし、私は一人っ子だし、学生時代の同級生だってもう十年以上会っていないし、そもそもスマホが手元にないと誰とも連絡がつかない。

暗記している電話番号なんて、もう別の誰かに割り振られてしまったであろう実家の番号と、あと一つは、あいつの番号だけか。――と、考えながら歩いていた時だった。

私はテレビ売り場の前で、思わず立ち止まった。

商品のテレビの大画面に、今の私の老いた顔がでかでかと映っていた。放送されているのは昼のワイドショーで、司会者やコメンテーターたちが神妙な顔で語っている。

「ええ、というわけで、この女が、アンチエイジングのカリスマとして有名な国崎香奈子さんの部屋に侵入し、駆けつけたマネージャーさんを監禁して逃走した犯人ということですが……なんと、マネージャーさんを目の前にしてもなお、自分が国崎香奈子だと言い張ってたっていうんですから、本当に恐ろしいですよね」

「怖いですよねえ。とんでもなく異常な犯罪者ですよね」

「この犯人は未《いま》だ逃走中。そして国崎さんの行方も、未だに分かっていないということで、非常に心配ですよね」

「そうですよね。どうか、命だけは助かってほしいですよね」

「警察は緊急配備を敷いて、逃走した女と国崎さんの行方を捜しているということです」

そんなやりとりがされている間も、今の私の顔はずっと画面に大きく映し出されている。マンションのセキュリティが万全で、防犯カメラの性能も最新だったことが仇《あだ》となった。私の顔は驚くほど高画質で撮れていた。背中に冷や汗が流れるのを感じながら、私は顔を伏せて、早足で店の外に出た。

ところが、店の外の大型ビジョンでも、同じ番組が放送されていた。しかもそこで、さらなる衝撃を味わうことになった。

「さて、ここで、国崎香奈子さんと公私ともに親交があった、ワタリビューティーケアの社長、渡好美さんのコメントの映像が入ってきました」

公私ともに親交なんてなかっただろ、ただのビジネスパートナーだっただけだろ――と私は心の中で思ったが、すぐにそんなことはどうでもよくなった。

渡好美は、カメラに囲まれてマイクを向けられながら、涙を浮かべてこう言ったのだ。

「どうか、香奈子ちゃんには無事でいてほしいと思っています……。とにかく、まずはあの犯人を、一刻も早く捕まえてほしいです。少しでもその助けになればと思って、私からあの犯人を捕まえた方に、一億円を差し上げることにしました」

渡好美を囲む取材陣がどよめき、カメラのフラッシュが一斉に焚かれる。そこで背後から、通行人の若い男二人の会話が耳に入ってきた。

「マジで？　あのババア捕まえたら一億もらえんの？」

「うわ、超ラッキーじゃん！　いねえかな、この辺」

大変なことになった。なんてことをしてくれたんだ、あの出たがり社長！　私はうつむいて顔を両手で覆《おお》った。そこからは、誰にも顔を見られないように、ひたすら下を見て歩くしかなかった。できるだけ人が少ない方へと歩き続けるうちに、繁華街を抜けて、雑居ビルや住宅が立ち並ぶ地域に入った。

するると、道端で百円玉を拾った。

下を見て歩いたことによる思わぬ効果だった。百円玉にこれほど感謝する時がくるとは、昨日までは予想もしていなかった。さらにしばらく歩いて、ローソンストア100に入る。昨日までの私はナチュラルローソンに入るタイプの人間だったけど、全財産が百円では、ローソンストア100の値引き商品を狙うしかない。幸い、賞味期限間際のアンパンに半額のシールが貼られていた。税込み五十四円のアンパンが、涙が出るほど美味《おい》しかった。それを一つ、顔を伏せながら買って、近くの公園で水道の水を飲みながら食べた。

手元には、まだ十円玉が四枚残っている。今の私には、これしか頼れるものがない。

頑張って探して、ようやく公衆電話を見つけた。

暗記している電話番号は、この一つだけ。それも変えられていたら終わりだ。昨日までの私だったら、まずかけようとは思わなかった相手。でも仕方ない。彼に頼るしかない。

コール音が六回鳴って、電話がつながった。

「はい、もしもし」

「もしもし……瀬川《せがわ》一樹《かずき》さん、ですか？」

「ああ、そうですけど……」

よかった。元夫の、一樹の携帯電話の番号は変わっていなかった。三十代後半で結婚したものの、三年目で浮気をされて離婚した相手。そんな相手でも、電話番号を暗記している唯一の相手だった以上、この状況では最後の命綱だった。

「私……国崎香奈子です」

意を決して名乗った。すると、やはり一樹は「えっ」としばし絶句した後、尋ねてきた。

「あの……ニュース見たけど、無事なのか？」

「うん、大丈夫」

「それはよかった。あの犯人の女は、今は近くにいないのか？」

「あの、それなんだけど……ちょっと、信じられないと思うけど、落ち着いて聞いて」

「え、あ、うん……」

戸惑った様子の一樹に、私は覚悟を決めて打ち明ける。

「ニュースに出てる、私のマンションの部屋から逃げたあのお婆さんが、私なの」

「はあ？」

やはり一樹は信じられない様子だった。でも信じてもらうしかない。

「本当に、私自身もびっくりしたんだけどね、一晩寝て起きただけで、あんな顔になっちゃったの。自分なりに考えてみたんだけど、たぶん私は、老化を溜めて溜めて、一気にドーンと老けるタイプの人だったの」

「ん、うん……」

一樹は半信半疑、というか三信七疑といった感じのリアクションだった。

「お願い、信じて！」

私は思わず叫んだ。なんとしても今、一樹にこの状況を理解してもらわなければいけない。だから私は切り札を出した。

「私とあなたの新婚旅行先は熱海《あたみ》。でも途中であなたが熱を出しちゃって、予定より一日早く帰る羽目になった。あなたが学生時代に好きだったアイドルはキョンキョン。あなたの大好物はグラタン。どんなレストランでもあったら必ず注文するほど大好き。あなたの実家に帰省して、親戚みんなでガストに行った時、あなたが食べてた海老《えび》グラタンを甥《おい》っ子の佑斗《ゆうと》君が欲しがって、あなたが冗談半分に『これはおじちゃんが全部食べるからあげない』って言ったら、佑斗君が大泣きしちゃって、あなたはみんなから責められて……」

「え……あ、すごい！」

私が一気に語った、二人しか知らないエピソード。それを聞いて、一樹も分かってくれたようだった。

「信じてくれた？　信じてくれたよね？」

「……ああ、信じる」一樹が答えた。

「二人だけで会えないかな。私が頼れるのは、今あなただけなの」

そこで、公衆電話の通話時間切れが迫っていることを示すブザーが鳴った。私は早口で尋ねた。

「職場は変わってない？」

「ああ、変わってない」

「最寄り駅は四ッ谷《よつや》だよね。昔みたいに、夕方六時に待ち合わせできない？」

「うん、分かった！」

「ありがとう、待ってる。じゃあ夕方六時に……」

そこで、時間切れになった。

もう私には一樹しかいない。浮気したことなんて水に流したっていい。心から思った。

四ッ谷まで歩いた時には、もう足はふらふらになっていた。表参道から新宿経由で四ッ谷なんて、たぶん最短経路で結んだらそこまで大した距離じゃないんだろうけど、途中でたくさん回り道をしたし、精神的な疲れもあったたし、少しの距離でもすぐタクシーに乗る生活をもう十年ぐらい続けていたから、富士登山ぐらいの運動量に感じられた。まあ富士登山もしたことないんだけど。

人目を避けるため、近くの公園のベンチで顔を伏せて寝たふりをしてやり過ごした。そして、公園の時計が五時五十分になったところで、もう筋肉痛が始まっている足を引きずるようにして歩き、かつて本気で一樹を愛していた頃に何度も待ち合わせした、四ッ谷駅の麹町《こうじまち》口へと向かった。

すると、すでに一樹が待ってくれていた。十五年余りの間に白髪が増えたけど、遠目でもすぐに分かった。うれしくて涙が出そうになる。私は一樹に歩み寄り、声をかけた。

「ありがとう、来てくれて」

「あ、ああ……」一樹はやはり、私の顔を目の当たりにして絶句した。

「驚くよね。こんなお婆ちゃんになっちゃったんだもんね」

「いや……うん、まあ」

「警察とか、呼んでないよね」

私が念のため尋ねると、一樹は大きくうなずいた。

「大丈夫、本当に一人だ」

「信じてくれたよね、私が本当に、私なんだって」

「ああ、あの電話で確信したよ」

一樹は頼もしい笑みを浮かべてくれた。

「新婚旅行先の熱海。俺が熱を出したこと。キョンキョンとグラタンが大好きなこと。それに甥の佑斗君を泣かせちゃったこと。そこまで電話で聞いて、確信したんだ」

ああ、よかった――。私が感激する中、一樹は私の手を取って、こう言った。

「お前、ネットストーカーだな」

「……はあっ？」

まったく予想していなかった言葉に、私は声を裏返した。

「本当に香奈子なんじゃないかって、危うくだまされるところだった。でも、一日でこんな別人の姿になるなんて、そんな馬鹿な話あるわけないもんな。で、冷静になってよく考えたら、あのエピソードって全部、俺がブログに書いてることだもんな。香奈子のストーカーのお前は、香奈子の情報はもちろん、元夫の俺が匿名でブログをやってて、香奈子の名前は伏せながらも香奈子とのエピソードを書いてたことまで調べ上げたんだな。そこまでのスキルを持ってるから、香奈子のマンションのセキュリティも突破できて、とうとう香奈子を殺して……」

「違う！　違う違う違う！」

私は慌てて首を振った。一樹が匿名でブログをやっていたなんて知ったこっちゃない。

だが一樹は、もう私の言うことになんて一切聞く耳を持たなかった。

「おっと、離さねえぞ。一億円を離すわけねえだろ」

両手首をがっちりとつかまれた。一樹の目はギラギラしていた。今さらながら気付いた。一樹は懸賞金を独占するために、警察も呼ばずに一人で来たのだ。「あの犯人を捕まえた方に一億円を差し上げることにしました」という渡好美社長の言葉は、警察官にもあげるという意味にもとれる。だから、捕まえる作業は自分一人で行うために、こいつは一人で来たのだ。

「香奈子が大金を稼いでるのを見て、浮気しなきゃよかったって毎日後悔してたけど、これで分け前にあずかれるよ。あいつが生きてるか死んでるかなんて、この際どうでもいい。あとはお前を交番まで連れてけば、俺が一億もらえるんだからな。それで十分だよ」

一樹はにやりと笑った。こいつに頼ったことを心底後悔した。そして猛烈な怒りがこみ上げた。

「あああああっ！」

私は絶叫して、一樹の股間を蹴り上げた。一樹が「ぐあっ」と唸《うな》り、私の手を離してうずくまる。それを尻目に、私は痛む足で必死に逃げ出した。

しかし、背後で一樹の叫び声がした。

「そいつを捕まえろ！　一億円の女だ！　捕まえたら分け前をやるぞ！」

振り向くと、一樹はまだ立ち上がれていなかったが、私を指差して叫んでいた。周りの通行人が、怪訝な表情で私の方を見た。

何人かの顔つきが、一斉に変わった。私の顔をニュースで見ていたのだろう。

そして、その中の一人の若い男が、欲深そうな笑みを浮かべ、私につかみかかってきた。

「きゃああっ」

私はその男の手を振りほどき、闇雲《やみくも》に走った。目の前の信号が赤であることも、右から大型トラックが走ってきていることも、気付いてはいたけど、もうどうしようもなかった。

クラクションと急ブレーキのけたたましい音。そして、右半身へのとてつもない衝撃と激痛。

私は空を飛んだ。飛んでいる鳩《はと》と空中で目が合った。鳩も、人間が飛んでいるのを見てびっくりしているように見えた。それがまさに「鳩が豆鉄砲を食らったような顔」なのかどうかは、鳩に豆鉄砲を食らわせた経験のない私には分からなかった。

頭上から、いや正確には頭下から、アスファルトの路面がぐんぐん迫ってきた。足から着地するために体を空中で回転させるような運動神経など、私は老ける前から持ち合わせてはいなかった。

頭が割れるような激痛、というか実際に頭が割れたのを自覚した。尋常じゃない痛みは、すぐに意識が途絶えたことで、一瞬しか感じなかったのが救いだった。

ふっふっふ。死んだと思ったか。

冗談じゃない、私がこんな惨めな死に方をしてたまるか。

もちろん大怪我を負ったけど、私はちゃんと手術を受けて、大きな後遺症もなく退院した。その後、正確な検査で、私が本当に国崎香奈子であることは証明されたのだった。

退院直後の記者会見。私は頭に包帯を巻きながらも、別人のように老けた顔をしっかりカメラの前にさらした上で、集まった大勢の報道陣を前に語った。

「今まで、アンチエイジングは努力だなんて、偉そうなことを言い続けてごめんなさい。実は私は、老けないまま何十年も経ったところで、一気にドーンと老けるっていう、珍しい体質だっただけなんです」

カメラの猛烈なフラッシュを浴びながら、私はまっすぐ前を見て言葉を続けた。

「今さらこんなことを言っても怒られるかもしれないけど、年を取ることを否定する風潮がおかしいと思うんです。一人一人、それぞれの年の取り方をすればいい。ただそれだけだと思うんです。私の場合は、一晩で急激に老けるっていう特殊な年の取り方をしたけど、それもまた個性なんです。みんなでお互いの、一人一人違う老化を認め合って、自然体で生きていけばいいと思うんです」

そして、最後に私は言った。

「アンチエイジングなんて言葉は、今日でやめましょう。これからは、各々《おのおの》のエイジングを誇る時代です」

もちろん非難もされた。今までアンチエイジングのカリスマなんて触れ込みで稼いできたのに、今さら何を言い出すのか。だったら今まで稼いだ分の金を消費者に返せ。——そんな批判は当然のごとく巻き起こった。特に、ワタリビューティーケアの好美社長なんて、私を広告塔にしてきたのに突然はしごを外されたような状況になったから、「心配してやったのに何なの」なんて怒り心頭だった。でも、私の方だって、彼女が懸賞金なんてかけなければ大怪我をしなくて済んだわけで、これでおあいこだと思っていた。

そして、時が経つにつれ、私に対する声は、批判より賛同の方が大きくなっていった。

みんな自然に年を取ればいいんだ。老化は避けるべきものではなく、自然に受け入れるべきものなんだ。世の中の多くの人たちが、私の言葉をきっかけに、それに気付いたのだった。やがて私は、「アンチエイジングのカリスマ」から一転して「エイジングのカリスマ」として賞賛されるようになった。そう、結局私はまた、カリスマとして世の女たちの頂点に君臨し続けたのだ。ああ気持ちいい。やっぱり私はカリスマ、カリスマなの。ああ、なんていい響きなんでしょう。承認欲求が満たされていく。やっぱりこれが私の生きがいだわ。ああ幸せ――。


「死因は脳挫傷《のうざしょう》だな」

「十メートル以上はね飛ばされて頭から落ちたんじゃ、助かりませんよね」

国崎香奈子の遺体を解剖し終え、監察医たちが語り合っていた。

「はねちまった運転手もかわいそうだな。信号無視されちゃ、よけようもないもんな」

「しかし驚きました。まさかこれが本人だったとは」

「あるんだな、こういうことが。逃げたりしないで、警察に出頭してDNAでも指紋でも採らせてくれたら、本人だって分かったんだけどな」

「なんで逃げちゃったんでしょうね。やっぱりパニックになっちゃったんですかね」

国崎香奈子は、DNAや指紋で個人を特定できることは漠然と分かっていたが、それが加齢とともに変化するという勘違いをするほど無知だったから逃げてしまった――なんてことは、もう誰も知る由《よし》がない。まして、国崎香奈子の身に何が起きたのか正確に世の中に知られるのは、この事件を機に、この症例に「老化蓄積症候群」という名前が付けられ、数十年間蓄積された老化がわずか一日から一週間程度の短い期間に一気に解放されるという症状が、数千万人に一人というきわめてまれなケースで起こることが突き止められる、二年ほど先のことだった。

　実は過去にも、老化蓄積症候群の症例はあったのだ。ただ、数がきわめて少ない上に、当の患者は「あの人ずっと若々しかったけど、急に老けたよね」と周囲から言われるだけで、むろん命には関わらない。そのため、発症したからといって医者にかかることもなく、症例が表に出なかったのだ。――なんてことも、ずいぶん後になって分かることだった。

「まあ、急にこんな老けちゃって、周りから本人だって分かってもらえなくて、パニックになって逃げた末に死んじゃって……。気の毒な最期《さいご》だったけど、それにしては死に顔が安らかなのが、唯一の救いだよな」

「なんか、笑ってるようにも見えますよね」

「最後にいい夢でも見てたのかな。マッチ売りの少女みたいに」

　監察医たちの前に寝かされた、国崎香奈子の遺体。その顔は、彼女が生前カリスマだともてはやされていた時に見せていたような、満足げな笑みを浮かべていたのだった。

ショートショート　マッチングサイト

僕は二十歳《はたち》になった。その年に衆議院選挙があった。せっかくなので投票に行こうと思ったが、どの政党に投票すべきか分からなかった。

そこで僕は、インターネットの「政党マッチングサイト」を利用した。そのサイトでは、政治に関する簡単なアンケートに答えるだけで、僕がどの政党に投票すべきかをコンピューターが判定してくれた。コンピューターが決めたことなら間違いない。僕はその判定の通りに投票した。

僕は二十一歳になり、就職活動を始めた。でも、どうしても就きたい職業があるわけでもなく、人並みに給料がもらえればどんな仕事でもよかった。

そこで僕は「就活マッチングサイト」を利用した。そのサイトでは、簡単なアンケートに答えるだけで、僕にどんな就職先が向いているかコンピューターが判定し、適当な会社を紹介してくれた。コンピューターが決めたことなら間違いない。僕は紹介された小さなIT関連会社に就職した。

僕は二十五歳になった。親しい同僚が結婚したのを見て、僕も結婚に憧れるようになった。でも、大学時代からの恋人にその話をしたら「仕事が楽しくて結婚はまだ考えられない」と言われた。

そこで僕は、彼女とはきっぱり別れて「婚活マッチングサイト」を利用した。そのサイトでは、簡単なアンケートに答えるだけで、登録会員の中から最も僕に合った女性をコンピューターが選び、紹介してくれた。コンピューターが決めたことなら間違いない。僕はその女性とメール交換をして数回のデートを経て交際するようになり、やがて結婚した。僕は二十八歳になった。息子が生まれた。でも、人の親になるのはもちろん初めてなので、子供をどう育てるべきか見当もつかなかった。

そこで僕は「父親像マッチングサイト」を利用した。そのサイトでは、簡単なアンケートに答えるだけで、僕がどういった父親になっていくべきかコンピューターが判定してくれた。「筋金入りの雷親父タイプ」が僕に向いているという判定は意外だったが、コンピューターが決めたことなら間違いない。僕はそういう父親像を目指すことにした。

僕は三十歳になった。僕が理想の父親像を演じるためにやむをえず行《おこな》ってきた、必要最低限の罵倒《ばとう》や暴力が原因で、妻と離婚することになってしまった。またその頃から、会社の経営も傾き始め、長時間のサービス残業や給料の遅配が常態化していった。公私ともに過酷な日々の中、心が荒《すさ》んでいく。ああ、何か精神的にすがれるものが欲しい……。

そこで僕は「宗教マッチングサイト」を利用した。そのサイトでは、簡単なアンケートに答えるだけで、僕がどんな宗教に入信すべきかコンピューターが判定してくれた。コンピューターが決めたことなら間違いない。僕は、名前を聞いたこともない新興宗教に入信することにした。

僕は三十二歳になった。半年分の給料が未払いのまま、ついに会社が倒産してしまった。教祖様のパワーが込められた幸運の石を五百万円で買った直後にこんなことが起こるなんて、理不尽にもほどがある。どうやらあの宗教はインチキだったらしい。

僕はこれまで、マッチングサイトの判定通りの真っ当な人生を歩み、一時は家庭も築いたのに、今では借金しか残っていない。なぜこんなことになってしまったんだ……。思い返せば「父親像マッチングサイト」あたりからどうもおかしかった気がする。いや、あのサイトで出た理想の父親像についてこられなかった元妻が悪いのだとすれば、「婚活マッチングサイト」がおかしかったのかもしれないぞ。う〜ん、判断に迷う。

そこで僕は「マッチングサイトマッチングサイト」を利用した。そのサイトでは、簡単なアンケートに答えるだけで、僕が今後どんなマッチングサイトを頼っていくべきかコンピューターが判定してくれる……はずだったのだが、コンピューターが出した結論を見て僕は唖然《あぜん》とした。

「あなたの回答を分析した結果、あなたには自分の信念というものがまるでなく、きわめて周囲の情報に惑わされやすいため、そもそもマッチングサイトなど利用すべきではないということが判明しました。近年、ネット上にはいい加減なマッチングサイトが氾濫しています。また、人生の大事な場面で決断を下せず、マッチングサイトばかりを鵜呑みにして人生を台無しにする『マッチングサイト廃人』も社会問題化しています。あなたはそうなる前に、『マッチングサイト断ち』を決行すべきです。そこでオススメなのが、こちらの『断マッチングサイト道場』です――」

マッチングサイトに頼らない人間になんて、なれるはずがない。だいたい今の時代に、そこまで自分を過信している人間の方がよっぽどおかしいだろう。最後に勧められた「断マッチングサイト道場」だって、きっとこのサイトの運営者とつながっているのだろう。間違いない。このサイトはインチキだ。もっとまともなマッチングサイトマッチングサイトを見つけなくてはいけない。

僕はすぐに「マッチングサイトマッチングサイトマッチングサイト」を検索した。

伝説のピッチャー

1

甲子園《こうしえん》の伝説のピッチャー。俺は今でも、そう呼ばれることがある。

高校三年生の夏の甲子園の二回戦で、その大会の最有力優勝候補と言われていた強豪校を相手にノーヒットノーランを達成したことで、俺の注目度は一気に上がった。それ以前から一部の高校野球ファンには知られた存在だったのだが、その一戦をきっかけに俺の名は全国的に知られることとなった。その後、準決勝まで全試合完投勝利。決勝では四失点して惜敗したものの、その大会を最も沸かせた選手は間違いなく俺だった。それから何年かは、俺と同学年の野球選手が、俺の名を冠して「滝田《たきた》世代」なんて呼ばれていた。もっとも今では、俺の陰に隠れて高校時代は無名だったものの、プロ入り後にめきめき力をつけて大活躍し、さらにアメリカのメジャーリーグでも好打者となった内藤《ないとう》の名を冠して「内藤世代」と呼ばれるようになったが。

俺がプロ入りする時には、ドラフト一位で四チームが競合した。かつての名選手である監督たちが、俺を獲得するために抽選箱に手を入れ、当たりが出た監督がガッツポーズをして、外れた監督が顔をしかめて悔しがる。感慨深い光景だった。今思えば、あの頃が俺の人生のピークだったかもしれない。プロ入り後も、練習場には黄色い声援を送る女性ファンとマスコミが連日詰めかけ、バレンタインデーには段ボール十箱以上のチョコレートが届き……なんていうのは昔の話だ。

一年目から一軍に入っていたし、当初は同世代の中でも十分活躍していた方だった。だが、二十代前半で肘を故障してから成績は下り坂に入り、ピーク時に比べて球威もだいぶ衰えた。それでも今の俺が中継ぎピッチャーの末席になんとか踏みとどまっているのは、所属チームであるジャガーズの投手陣に怪我人が続出しているからだ。投手陣の層が厚いチームだったら、とっくにお払い箱になっていてもおかしくないだろう。

ここ何年かは、契約更改のたびに年俸を減らされている。そんな立場なのに、金の使い方は、年俸がピークだった頃から改められなかった。服に時計に車。いい物を目にしたらつい買いたくなってしまう。悪い癖だった。それでも、時計や車といった、後で換金できる物を買い集めていた時期はまだよかった。

最悪の金の使い方を、夜の社交場で知り合った悪い友達に教わって、それにどっぷりはまってしまったのが運の尽きだった。

というわけで、かつて日本中が注目するスターだった俺は今、とある雑居ビルの一室で、同い年ぐらいのパンチパーマのヤクザの前で正座させられている。

「滝田、てめえ払えねえってのはどういうことだ？」

ドスのきいた声で脅されながら、俺は平謝りするしかなかった。

「ごめんなさい……許してください」

「金作ってこいや。外車乗り回して、腕時計も何本も持ってることぐらい知ってんだぞ。前に週刊誌で読んだからな」

「それが……そういうのも、もう全部売ったんです。売った上で、これしかないんです」

「嘘つくなコラ！」

「本当なんです、信じてください……」

本当に本当なのだ。世間が思っているよりもずっと、俺には金がないのだ。いや、世間というか、チームメイトも、俺の年俸額を正確に知っている球団職員でさえも、まさか俺がここまで金欠に陥っているとは知らないはずだ。なぜなら、俺が何に金をつぎ込んだのかは知らないから。知られるわけにはいかないので、俺がひた隠しにしていたからだ。

「まあまあ、そのへんにしといてやれ」

上役らしい、四十代ぐらいの眼鏡をかけたヤクザが止めに入ってから、なれなれしい口調で話しかけてきた。

「滝田さん、怖いよねえ。ギャンブルってのは」

俺は無言でうなずくしかなかった。自分でも心底思う。もうやめ時だと分かっていても、次こそは勝てるかもしれないと思ってさらに多額の金をベットしてしまう。それを繰り返して、とうとうヤクザに借金をする身になってしまったのだ。今なら分かる。これこそがギャンブル依存症というやつなのだと。

「裏カジノに手出して、こんなに負けちゃって。これが週刊誌にすっぱ抜かれたりしたら、滝田さんも終わりだよねぇ」

眼鏡ヤクザは小馬鹿にしたような笑顔で俺を見下ろす。

「やめたいでしょ、ギャンブル。でもこっちとしては、まず金を返してもらわないといけないんだ。借金踏み倒されるわけにはいかないからさ。――そこでね、滝田さんに一つ、お願いがあんのよ」

眼鏡ヤクザはそう言ってしゃがむと、俺の顔を覗《のぞ》き込んだ。

「野球賭博《とばく》って、分かるよね」

その言葉を聞いて、さっと血の気が引いた。さすがの俺も、それだけは手を出さずにいたのだ。

「あれは、裏の世界で昔からずっと人気があってね。勝てば大きな利益があるんだ」

俺の鼓動が一気に速まる中、眼鏡ヤクザは、俺が最も恐れていたことを口にした。

「お願いっていうのはただ一つ。滝田さん、次の試合、わざと負け投手になってよ」

「え……あ……」

俺はうつむきながら、言葉にならない声を絞り出すことしかできなかった。そんな俺の顔を覗き込んで、眼鏡ヤクザは続けた。

「こっちは、滝田さんが登板した時点で一気に賭《か》け金をつり上げるから。うまくいけば、一発であんたの借金をチャラにできるよ」

「いや、ただ、その……さすがにそれは……」

「滝田さん。あんた、断る権利があるとでも思ってんのか？」

眼鏡ヤクザの顔から笑みが消え、急に低い声になった。この落差で俺を怖がらせるために、今まで笑顔で話していたのかもしれない。

「今の滝田さんは、登板して打たれて、負け投手になったたって全然不自然じゃないでしょ。こっちとしてはその好条件を生かさない手はないんだよ」

「あの……敗戦処理で出ることもあるんですが、その場合はどうすればいいでしょう？」

そう質問してから、こんなことを聞いたらやる気があるみたいだな、と気付いた。でも、俺が登板した時点ですでにチームが負けていたら、どんなに打たれても負け投手にはなれないので、気になったのはたしかだった。

「最近の野球賭博ってのは、細かい賭け方もできるんだよ。どのピッチャーが何点取られる、みたいにね」眼鏡ヤクザが答えた。「だから、もし次の試合に敗戦処理で出たとしても、交代になるまでヒットを打たれ続けてくれるかな？　まあ、そうはいっても、最近は敗戦処理もあんまり多くないでしょ。ジャガーズは好調だから」

「あ、はい、たしかに……」

そうなのだ。我がチームは、投手陣の台所事情は苦しいのだが、それを補って余りあるほど打撃陣が好調で、現在リーグ二位をキープしているのだ。

「好調なチームほど負けのオッズも高くなるからね。賭け金のつり上げに他が乗ってくれれば、滝田さんの借金もすぐチャラにできるかもしれない。もちろんこっちも儲《もう》かって、ウィンウィンってわけよ」

眼鏡ヤクザは、さらに顔を近付けてきた。ドブのような口臭が鼻をつく。

「俺たちは、滝田さんに救いの手をさしのべてるんだよ。こっちだって、滝田さんがこのまま身を滅ぼすのは本意じゃないもん。金を回収できなくなっちゃうからね。そうならない範囲でやりたいんだよ。――最高なのは、少ない点差で白熱してる試合で、滝田さんが打ち込まれて負け投手になってくれることかな。やっぱり拮抗《きっこう》した好ゲームほど、多くの客が賭けたがるんだよ。それに、勝ち投手と負け投手が誰になるかは、どの試合でも必ず賭けの対象になるしね」

俺が、恐怖と屈辱と口臭に耐える中、眼鏡ヤクザは言い渡した。

「改めて確認ね。次の登板で、打ち込まれて負け投手になる。分かったね、滝田さん」

「……はい」

俺はうなずいた。とうとうプロ野球選手が越えてはならない一線を越えてしまった。

いや、違うか。そんな一線は、裏カジノにはまった時点でもうとっくに越えていたのだ。

俺は思い直した。

2

「さあ、お送りしております、ジャガーズ対ポセイドンズ。実況はわたくし小泉《こいずみ》、解説はおなじみ、球界の御意見番の山村順一《やまむらじゅんいち》さんです。試合は五対五の同点、これから延長十一回に入ります。ここでジャガーズは、滝田がマウンドに上がりますね」

「う〜ん、ここに来て、ジャガーズのピッチャーの駒不足が響いてますよねえ。この大事な場面で、できたら滝田はあんまり使いたくないでしょう」

「ええ、まあ、たしかに山村さんがおっしゃる通り、滝田は防御率が四点台後半、ここ五試合で見ると七点台と、今シーズンは決して調子がいいとは言えませんね」

「今シーズンはというか、ここ何年もずっとよくないでしょう。はっきり言って高校時代がピークだったでしょ」

「まあ、甲子園で一躍スターとなって、ドラフト会議で四球団競合の末、ジャガーズに入団してからはや十年。やはり、肘の怪我の影響が大きかったでしょうか。あの手術以来、本来の剛速球というのは、なりを潜めてしまいました」

「しかもねえ、そこからコントロールを磨いたり、いい変化球を覚えたりもできなかったでしょう。球速も中途半端、変化球もそれほど曲がらない、そういうピッチャーが一番打ちやすいんですよ」

「なるほど、まあ、滝田投手のファンの方もたくさん見ていらっしゃるでしょうから、そのへんにしていただいて……さあ、滝田が投球練習を終えました。この回の先頭は、ポセイドンズの五番、西川《にしかわ》です。西川は今日、四回の第二打席でホームランを打っています」

「この回で、試合は決まるかもしれませんね」

＊

いよいよ、俺は野球選手としての魂を売る。

でも仕方ない。こうするしかないのだ。

幸か不幸か、舞台が整ってしまった。同点の延長十一回表。しかも裏の俺たちの攻撃は下位打線からだ。俺が一点でも取られれば、負ける確率がぐっと増す。二点三点取られれば確実に負けると言っていいだろう。借金をチャラにするためには、今日八百長《やおちょう》をやるしかない。

しかも相手のバッターは、五番の西川。今シーズンすでにホームランを二十本以上打っている、紛れもないパワーヒッターだ。ど真ん中にストレートを投げれば、きっとホームランを、多少打ち損じたとしてもツーベースヒットぐらいは打ってくれるだろう。

……と、思っていたのだが。

俺が真ん中に投げた初球で、奴はいきなりやってくれた。

コンッと間抜けな音が響き、高々とキャッチャーフライが上がった。せめてピッチャーフライなら俺がエラーすることもできたのに。おそらく、あまりにも絶好球すぎて変に力が入って、バットがボールの下をこすってしまったのだろう。

「アウト！」球審が告げた。

まずい。最初から打たれまくるつもりだったのに、ワンアウトを取ってしまった。

でも、俺は思い直した。八百長をするにあたって、最初から大乱調だったら、「滝田、なんかおかしくないか？　もしかしてわざとやってないか？」なんて周囲に疑われてしまうかもしれない。一つぐらいはアウトを取っておいた方がいいのではないか。うん、そうだ。プラスに考えよう。今のはむしろよかったんだ。

次に迎える六番バッターは、助っ人外国人のワトソンだ。たしかメジャーリーグの経験もあったはずだ。こいつこそは、ちゃんと打ってくれるだろう。日本で大活躍した後メジャーリーグに行った数々の名投手が、テレビのインタビューなどで口を揃えて言っていた。「日本のプロ野球には、こいつにホームランを打たれることは絶対ないっていう打者がいるけど、メジャーにはいない」と。つまりメジャーリーグでは、たとえ打率一割台の、警戒するに値しないと思えるようなバッターでさえ、少し甘いコースに投げたらホームランを打たれてしまうというのだ。

そんなメジャーリーグから来たバッターだ。俺の甘い球をちゃんとスタンドまで運んでくれるはずだ。そう思って、外角にスライダーを要求するキャッチャーのサインなど無視して、また真ん中の甘いコースにストレートを投げた。

相手はフルスイング。カンッとさっきよりいい音が響いた。よし、今度は打ってくれたぞ、と思いながら俺は振り向く。

ところが――。

＊

「大きく上がりましたが……伸びはありません。センターフライでツーアウト。続いてはポセイドンズの七番、菊池《きくち》です。今日は六回から代打で出て、二打数ノーヒット。しかし一発のあるバッターです。まずは一球目……外れました、ボールです。滝田が振りかぶって二球目……打ちました。ふらふらっと上がって……セカンドフライでスリーアウト、チェンジです。滝田、ポセイドンズの攻撃をわずか四球で片付けました。予想に反して、といったら失礼ですけど、完璧なリリーフを見せましたね」

「う～ん……まあ、見た感じ、あんまりいい球じゃなかったと思うんですけどね。ちょっと、ポセイドンズの打線が集中力を欠いてましたかね。力が入りすぎて打ち上げちゃった感じですかね」

＊

おいおい、無失点で抑えちゃったじゃないか。八百長で負け投手になるつもりで、甘いコースに何の工夫もなくストレートを投げたのに、とんとん拍子で三人を片付けるという、結果だけ見たら最高のリリーフをしてしまった。まずいぞ、こりゃマジでまずいぞ。

しかし、神は——いや悪魔は、俺を見捨てていなかった。

「滝田、今日、最後まで頼めるか？」

ベンチに帰ったところで、投手コーチの杉本《すぎもと》に声をかけられた。

「実は、ジョナサンの太ももが張ってるらしいんだ。ここ最近、あいつ連投だったからな。あいつまで抜けられたらさすがにきついから、今日は休ませたいんだ」

ジョナサンというのは、うちの抑えのエースだ。ということは、次の回にちゃんと失投すれば、俺は約束通り負けられるということだ。

「はい、もちろん行きます！」

俺は大きくうなずいた。ああよかった。次の回こそ負け投手になって、八百長の役目を果たせるぞ——。

と、思っていた矢先だった。

カーンと乾いた音が聞こえた。そして大歓声が響く。周りの選手やコーチもみな「おっ、やった！」とグラウンドの方を向いてガッツポーズをした。

え、うそ、まさか……俺はおそるおそるグラウンドを振り向いた。

＊

「サヨナラ〜！　ジャガーズの八番梶原《かじわら》の、今シーズン第二号が、劇的なサヨナラホームランとなりました！　梶原が、今悠々と三塁を回って、そしてホームイン。チームメイトが大喜びで出迎えます。ジャガーズ、延長十一回の激闘の末、六対五でポセイドンズに勝利しました。いや〜、山村さん、劇的な幕切れとなりましたね」

「そうですね。梶原はホームランバッターでもないのに、まさかサヨナラホームランを打つとはね。本人もびっくりしてるでしょう」

「ああ、梶原が、まさに山村さんのおっしゃる通り、チームメイトに囲まれてびっくりしたような、目をまん丸くした表情で笑ってますね」

「ははは、本当だ。しかしまあ、この勝ちはジャガーズにとっては大きいですよ。今日はエレファンツが負けたんでしょ」

「はい。今日は首位のエレファンツが敗れてますから、これで二位ジャガーズとのゲーム差は四に縮まりました。まだジャガーズのリーグ優勝の可能性も十分に残されてます」

「まあ、ジャガーズはピッチャーが手薄だから、優勝してもクライマックスシリーズがどうかっていうところですけど、でもリーグ優勝も長いことしてないよね。優勝すれば何年ぶり？　かなり久しぶりでしょ」

「ええ、ジャガーズは長らく、ペ・リーグのBクラスに低迷していましたので、リーグ優勝すれば実に十四年ぶりとなります」

「十四年は長いよねえ。生まれたての赤ちゃんが、高校生になっちゃうもんねえ」

「ええ……まあ、十四年ですから、高校生にまではならないですかね。まだ中学生でしょうけど」

「あ、そうか。あっはっは。失礼しました」

「まあとにかく、十四年ぶりの優勝を待ち望むジャガーズファンの期待を膨《ふく》らませるような、今日のサヨナラ勝ちとなりました。それにしても山村さん、終わってみれば、十一回表の滝田のテンポのいいピッチングが、流れを呼んだような気もしますね」

「まあねえ、私には、たいしたピッチングだとは思えなかったんだけどね。それよりもポセイドンズのバッターが、ちょっと打ち気にはやったんじゃないかと思いますね。まあ、そこがジャガーズの打撃陣との差でしょう」

「なるほど……。さあ、それでは今日の試合、ハイライトで振り返ってみましょう――」

3

「おい滝田！　てめえ何考えてんだ！」

試合終了後、ヤクザの組事務所にほぼ拉致《らち》同然で連れて行かれた俺は、パンチパーマのヤクザに恫喝《どうかつ》された。

「す、すいませんでした！」俺は土下座するしかなかった。

「負け投手になれって言ったんだよ。なに勝ち投手になってんだよ！」

「あの、甘いコースに投げたら、相手が打ち損じちゃったみたいで……」

「言い訳してんじゃねえぞ。こっちはお前が負ける方に大金張ったんだよ！　お前のせいでいくら負けたと思ってんだ！」

「はい、すいません……」

「この損失分も返せよ、いいな」

「ああ、はい……」

借金が膨らんでしまった。八百長で負けなければいけないノルマがますます増えてしまったのだ。俺は暗澹《あんたん》たる思いだった。

「まさか、わざと勝ったわけじゃねえよな？」

パンチパーマが、俺をぎろっと睨みつけてきた。

「そんなわけないじゃないですか！」俺は首をぶんぶん横に振った。

「まあ落ち着け」上役の眼鏡ヤクザが止めに入ってくれた。「今日の中継で、解説の山村が言ってたろ。滝田はたいしていいピッチングじゃなかったけど、ポセイドンズのバッターが打ち気にはやったんだろうって」

解説者の山村順一。現役時代に大した実績もないくせに、歯に衣《きぬ》着せぬ喋りがウケて、いつの間にか球界の御意見番的なポジションに居座っている解説者だ。取材に来る時の態度も横柄で、俺は大嫌いだったけど、今日に関しては助けられたようだ。俺のピッチングがただのまぐれだったことを、俺を脅しているヤクザに分かるように解説してくれていたらしい。

「ええ……まさに、おっしゃる通りです」

俺は眼鏡ヤクザに頭を下げ、解説の山村の見解を全面的に認めた。

「お前、次こそはちゃんと打たれろよ」パンチパーマが俺を睨みながら言った。

「はい、もちろんです」

「でも、もしまたあんなことがあったら困るな……」眼鏡ヤクザが、少し考えてから俺に命令した。「じゃ、もし次もまた相手が打ち損じるようだったら、急にコントロールが乱れたふりしてフォアボールを出せ。あんたはそんなことしても不自然じゃないよな。今まで普通にそんなことがあったもんな」

「ええ、はい、たしかに……」

「滝田はプレッシャーに弱い、突然コントロールが乱れる——昔から言われてたもんな」

眼鏡ヤクザがにやけながら言った。腹が立ったが、その通りなので何も言い返せない。

プレッシャーがかかる場面で、力みすぎて全然ストライクが入らなくなるのは、俺の悪い癖なのだ。ある種の病気、いわゆるイップスというやつかもしれない。「俺は今、ちゃんとストライクを投げられなくなっている」と意識してしまうともうダメで、ストライクを入れようと本気で思っているのに、四球連続でクソボールを投げて相手を歩かせるなんてことも珍しくなかった。そんな俺だから、突然コントロールを乱してフォアボールを連発しても、八百長を疑われることはないはずだ。

「確認だぞ。次こそは負け投手になる。甘い球を投げて打たれるか、もしそれが無理そうだったらフォアボールを連発する。——分かったな？」

「はい」

俺は力を込めてうなずいた。

4

それなのに。ああ、それなのに――。

次の試合。一点リードの八回に登板した俺に、また試練が待っていた。

一人目のバッターは、俺が真ん中高めに投げてやった球を打ち上げてショートフライ。

二人目は、外角が得意だと知っていたから外にストレートを投げてやったのに、バットの下に当ててセカンドゴロ。俺はまた、簡単にツーアウトを取ってしまった。

そこで、ヤクザとの約束を思い出した。――そうだ、こういう時はフォアボールだ。

フォアボールを連発すれば、俺は点を取られる前に交代させられるかもしれない。でも、交代したピッチャーが打たれて、俺がフォアボールで出したランナーが帰って来て、それが相手の決勝点になれば、俺が負け投手になれる。よし、ここからフォアボールを連発して、チームを負けに導こう。キャッチャーは外寄りのストライクを要求している。まずはその要求からさらに外側に外れるボール球を投げよう。――そう思って、三人目の打者を相手に、俺は初球を投げた。

「ストライク！」

あれっ？　嘘だろ、ストライクが入っちゃった。それも外角ギリギリの、狙っても投げられないぐらいのコースに。

どうした、ちゃんと外せ。また無失点に抑えちゃったら、今度はしゃれにならないんだぞ。外せ、外せ、外せ……。俺は次の球を投げる。

「ストライク！」

ええっ！　またストライクが入っちゃった。今度は低めギリギリだ。

と、そこで俺は気付いた。

要するに俺は、プレッシャーのかかる場面で、思ったところに全然投げられなくなるのだ。だから、絶対にストライクを取らなければいけない時はストライクが入らなくなり、絶対にボール球を投げなければいけない今は、いいコースにストライクが入ってしまっているのだ。

あと一球ストライクを投げたら、三振を取ってしまう。そんなことは絶対に許されない。あのヤクザにますます怒られるだろうし、ヤクザは今日の賭博でも大赤字を抱えるだろうから、俺が八百長をしなくてはいけない試合数はますます増えてしまう。でも、今の俺には、ここから四球連続でボール球を投げる自信などない。どれか一球ぐらいはストライクが入ってしまうような気がしてならない。どうしよう、ああどうしよう……。

と、そこで名案を思いついた。

デッドボールだ。バッターに思いっ切り当ててしまえばいいのだ。そうすれば一球で出塁してもらえる。

よし、悪いけど当てさせてもらうぞ。俺はドッジボール感覚で投げた。

ところが……。

＊

「空振り三振！　最後は内角いっぱいの絶妙なストレートでした。滝田、この回をテンポよく三人で片付けました。いや〜山村さん、前の試合に続いて、滝田の好リリーフが続いてますね」

「う〜ん、まあ前の試合は、ただ相手が打ち損じただけに見えたんですけど、今日はなかなかよかったですねえ。特に最後なんて、外角ギリギリと、低めギリギリでツーストライクを取ってから、思い切って内角でしょ。遊び球を一球も入れないで、あれは度胸のいいピッチングでしたよ」

「甲子園で伝説的な活躍をしてから十年。怪我もあって昔のような剛速球は見られませんが、今日のようにきわどいコースにテンポよく投げれば、まだまだ活躍できそうですね」

「うん。今日の滝田はよかったですよ。ちょっと見直しましたね」

5

「殺されてえのかこの野郎！」

「ごめんなさ～い」

パンチパーマのヤクザに胸倉をつかまれ、俺は半べそをかいて謝った。

「てめえのせいで、俺たちまで借金抱えちまったじゃねえか。どう落とし前つけてくれんだ！」

パンチパーマのヤクザが怒り、眼鏡のヤクザがなだめにかかる——それが今までのパターンだったが、もう眼鏡のヤクザもかなり怒っている様子だった。彼は俺を睨みつけながら尋ねてきた。

「おい滝田、お前まさか、別の組織の息がかかってて、わざとあんなことを……」

「ち、違います！　そんなことしないです！」

大慌てで否定した。俺はギャンブルが好きすぎてヤクザから金を借りてしまっただけで、別にヤクザが好きなわけじゃないのだ。ヤクザの世界にどっぷり浸るような真似をするわけがないのだ。

「とにかく、次こそは負けるんだぞ。まさかこんなことを三回も言わなきゃいけねえとは思ってなかったけど……」

そう言いかけた眼鏡のヤクザに、俺は訴えた。

「あの、一つ提案をさせていただいてよろしいでしょうか」

「何だ？」

「僕が勝つ方に賭けてもらえませんか？」

「……えっ？」

目を丸くしたヤクザ二人に、俺は説明した。

「僕、正直ここに来て、ピッチングのコツをつかんじゃったみたいなんです。今まで、ストライクを取ろう取ろうって、力が入れば入るほど、全然ストライクが入らなくなっちゃったんですけど、逆にストライクゾーンから外そうって思いながら投げると、絶妙なコースにストライクが投げられることに気付いたんです」

「てめえ、本当に勝てるんだろうな？」

鬼のような顔のヤクザ二人を前に、俺は床に両手をついて頼み込んだ。

「本当です！　どうか、僕が勝つ方に賭けてもらえませんか」

＊

「さあ、八回裏、三対三の同点の場面で、ジャガーズのマウンドを任されたのは滝田です。ここ二試合は、ともに一イニングを三人で片付ける完璧なリリーフを見せていて、ポセイドンズ戦では勝ち投手にもなっています。かつての甲子園のスーパースター、伝説の投球を見せた滝田といえば、野球ファンでなくても思い出す人も多いでしょう」

「なんだか、ここ最近の滝田の投げっぷりを見てると、また復調してくるんじゃないかって思えてきますね」

「あ、山村さんもそう思われますか」

「前の試合なんて、いいコースを突いてましたしね。やっぱり、元々甲子園のスターになるほどの逸材だったわけですから、ここからまた一流ピッチャーとして……」

『カンッ！』

「おっと、初球打ちだ！　伸びる、伸びる、伸びる……入りました、ホームラン！　この回先頭の野崎《のざき》に、九号ソロホームランが飛び出しました。いやあ、ここ最近、好リリーフを続けていると話していた矢先だったんですが、滝田が手痛い一発を浴びてしまいました。ああ、マウンド上の滝田、今にも泣きそうな表情になってますねえ」

「あ〜あ、こりゃやっぱりダメだね」

＊

「殺す！」

眼鏡のヤクザは最初から怒り狂っていた。彼がポケットから取り出したのは拳銃だった。

「口開けろ。これぶっ放す」

顎を押さえられ、強引にくわえさせられた拳銃は、ずしっと重く鉄の味がした。モデルガンなどではなく本物のようだ。

「ごべんなさい、ごべんばば〜い」

俺は銃口をくわえながら、恐怖のあまり涙を流して謝った。

「ちょっと、兄貴、落ち着いてください。ここで殺しちゃうのはさすがにまずいです」

いつもとは逆で、パンチパーマの部下が止めに入ってくれた。眼鏡ヤクザは俺を睨みつけた後、舌打ちをしながら銃口を俺の口から抜き、俺のシャツで拭ってから懐《ふところ》に収めた。

「しかし、ここまでおちょくられるとはな……。負けろって言ったら勝つ。それで今度は、勝つ方に賭けろっててめえから言ってきた試合で負ける。なめてんだよな、ああ？」

「違うんです、本当に違うんです～」

俺は、涙に鼻水も追加しつつ、床に両手をついて経緯を説明した。

「本当に、ピッチングのコツをつかんだと思って、勝つつもりで投げたんです。でも、前の感じで投げれば大丈夫だと思ったら、初球が真ん中に入っちゃって……」

「こっちは勝つ方に賭けてたから、マジで大損害だったんだよ」

眼鏡ヤクザは、鬼のような顔で俺を睨みつけながら言った。

「次ダメだったら、マジで殺すからな。負けろよ！　絶対にだぞ！」

「ああ、はい……」

「不安そうな返事をするな！」

怒鳴りつけてきた眼鏡ヤクザに、俺はおそるおそる提案した。

「あのお……もしできたら、今後は僕の様子を見ながら、僕が勝ちそうだと思ったら勝つ方に、負けそうだと思ったら負ける方に賭けてもらうことは、できないでしょうか」

「それって……要するに普通の賭博じゃねえか！」

眼鏡ヤクザが、少し考えてから怒鳴った。

「そうやって賭けて勝てるなら、最初からそうしてんだよ！　そうじゃなくて、イカサマで確実に勝つために、てめえに指示出してるんだろうが！」

「そうですよね。やっぱりそうですよね」

やっぱり提案は却下されてしまった。でも正直、今の俺には、ヤクザの指示を実行できる気がしなかった。もう、勝ち方も負け方も分からない。負けろと言われたら勝ってしまいそうだし、勝てと言われたら負けてしまいそうだ。

「滝田、お前分かってんのか？　事故や自殺に見せかけてお前を殺すことなんて、俺らにとっちゃ簡単なことなんだぞ」

「はい……」

「お前、ハッタリだと思ってんだろ？」

「いや、そんな……」

俺は慌てて首を振ったが、正直、そんな気持ちもどこかにあった。本当に俺を殺してしまうのは、ヤクザの側にもリスクがあるだろうし、さすがに殺すというのは脅し文句なんじゃないか――心の中の何割かではそう思っていた。

でも、そこで眼鏡ヤクザが尋ねてきた。

「三年前に自殺した、俳優の今崎智哉《いまざきともや》って覚えてるか」

「あ……はい」

ドラマやCMにそれなりに出ていて、それなりに人気のあった俳優が突然自殺してしまい、司法解剖の結果、覚醒剤を使用していたことが分かって、その影響で衝動的に自殺したのだという結論に至った。——当時のニュースは、しばらくその話題で持ちきりだったので、俺もよく覚えていた。

「これ見ろ」

眼鏡ヤクザが、スマホの画面を差し出してきた。

「……ひいっ」

その画面を見て、俺は思わず息を呑んだ。

それは、遺体の写真だった。その遺体の顔は間違いなく、あの俳優の今崎智哉だった。

「あいつは自殺したことになってるけど、本当は俺たちが始末したんだ。まさにお前と同じように、裏カジノにはまって借金抱えた上に、最終的に俺たちのことを警察に売ろうとしてな。それを察知したから、俺たちも手を打った」

眼鏡ヤクザは淡々と説明した後、冷たい目で俺を見て告げた。

「次失敗したら、お前もこうなる」

「は……はい……」

俺は呆然とうなずいた。恐怖で失禁しそうだった。

「このことを警察に言って逃げてもいいんだぞ。その場合は、お前の故郷の母親と妹が、あるいは親友が死ぬことになるけどな」

「そんなこと絶対にしません！」俺は全力で首を振った。「だいたい、八百長のことがばれたら、僕も終わりなわけですし」

警察に泣きつこうとは思っていない。そんなことをすれば八百長もばれて、野球界を永久追放になるのは確実だ。それは嫌なのだ。八百長の件も裏カジノの件も誰にもばれずに、できるだけ長く野球選手を続けて、できるだけ平穏な余生を送って、できれば早めにギャンブル依存症をちゃんと治療したい。今の俺はその一心だった。

「ただ、お前も悪運が強いようだな」眼鏡ヤクザが話題を変えた。「最近、ジャガーズの賭けに参加する客がどんどん増えてるんだよ。やっぱり久しぶりのリーグ優勝を見たいんだな。この勢いだと、ジャガーズの優勝がかかる試合とか、クライマックスシリーズになれば、相当な賭け金が動くだろう。そこでちゃんとイカサマを決められれば、お前のせいで俺たちが受けた損失まで、一発で取り戻せるかもしれない」

「えっ、本当ですか？」

俺は希望を抱いた。一試合だけの八百長で命が助かるというのなら、俺にとって最高の朗報だ。

「とにかく、今後登板した試合は必ず負けろ。一度でも勝ったら殺す」

眼鏡ヤクザは告げた。俺は「分かりました」と頭を下げる。

「まさか、チームの優勝のために命を賭けようなんて考えてねえだろうな？」

「いや、マジで、それは絶対にないです！」

俺は断言した。本当にそんな気持ちはさらさらない。別にジャガーズが優勝できなかったからって死ぬ人はいない。でも、俺が負けるのに失敗したら俺が死ぬ。俺は死にたくないから、チームを負けさせることに何の躊躇もない。それが紛れもない本心だ。

「まあ、そうはいっても、この前あんな無様な打たれ方をしたんだから、お前を大事な試合で出そうとは、監督も思わないかもしれないけどな」

ヤクザにそんなことを言われても、失礼だと思うようなプライドはとっくに失っている。

「はい、ごもっともです……」俺はぺこっと頭を下げた。

6

「ピッチャー、滝田。背番号十四」

アナウンスが流れる。スタジアムに歓声が上がる。

あ〜あ、俺、上がっちゃうよ。優勝決定試合の、延長十回裏のマウンドに。

ヤクザとの約束の日から、しばらくは登板がなかった。やっぱりチームからの信用をなくしたのかと、当初はむしろほっとしていた。でも、その間に首位のエレファンツが連敗してゲーム差が縮まり、とうとう今日のシーズン最終戦が、リーグ優勝が決まるジャガーズ対エレファンツの直接対決となった。この試合に勝った方がリーグ優勝で、負けた方が二位という、まさに天王山《てんのうざん》の対決だ。そして、六対六の同点で迎えた延長十回のマウンドに、俺が上がることになってしまった。怪我人が多少戻ってきたとはいえ、まだまだジャガーズの投手陣の層は薄いから、延長戦になって残りのピッチャーが減ってくると、俺に出番が回ってきてしまうのだ。

今日、俺はなんとしても負けなければいけない。つまり、ジャガーズは俺のせいでリーグ優勝を逃すことになるのだ。俺は明日、各スポーツ紙の一面で「戦犯は滝田」「滝田のせいでジャガーズV逸」なんてことをさんざん書かれなくてはいけないのだ。

でも仕方ない。命には代えられない。それに、どうせ優勝しなくてもクライマックスシリーズで勝てば日本シリーズには出られるのだから、俺のせいで今日負けたからって、そこまでひどい責められ方はしないだろう。

というわけで、チームメイトやファンのみなさん、申し訳ないけど、俺は今から打たれます！　心の中でそう宣言してから、初球を投げたのだが――。

「ストライク！」

おい、頼むよ、打ってくれよ～。ど真ん中の球見逃すなよ～。俺は心の中で嘆きながら、相手のバッターの顔を見た。そこで気付いた。

こいつ、明らかに緊張している。鼻の穴がぴくぴくしてるし、目の焦点が定まっていない。そういえばこいつは、まだ二十歳そこそこ。将来性は期待されていて、最近はスタメンで使われているのだが、たしか打率は二割台前半。おまけに大事な試合で極度の緊張の真っ最中。

こいつは打ってくれそうにない。俺はそう判断した。

作戦変更。フォアボールを出そう。ちょうどキャッチャーの構えも外角低めだ。大きく外そう。俺はそう思いながら、二球目を投げた。

「ストライク！」

あ～もう、なんで振っちゃうんだよ～。まずいよ、これじゃ今までと一緒だよ。今日こそは本当に負けなきゃいけないんだ。負けないと殺されちゃうんだ。

でも、俺もこのバッターのことをとやかく言っていられない。俺だって、いよいよ命がかかっている状況で、極限まで緊張しているのを自覚していた。今までの八百長でも失敗しているのに、ここで成功できる気がしなかった。もうツーストライクを取ってしまっているのだ。たぶん、今からインコースに投げてもアウトコースに投げても、いっそデッドボールを狙っても、ストライクゾーンぎりぎりの絶妙なコースを突けてしまう気がする。俺はそういう奴なのだ。ここ何試合かでそれは分かっているのだ。緊張すればするほど、狙いとは違うボールを投げてしまう、こんなんでよくプロになれたな、と自分でも呆れるようなピッチャーなのだ。

とりあえずこいつは三振に取っちゃって、残り二人でなんとか点を取られよう――なんて考えは危ない。次のバッターも経験の浅い若手だし、その次のバッターは調子のムラが激しい助っ人外国人で、今日ベンチから見た限りだと今は不調の時期のようだ。

やっぱり、フォアボールが一番だ。それなら、相手の調子など関係なく自分から崩れることができるのだ。どうすればいいだろうか……。

と、そこで俺はひらめいた。今度こそ画期的なアイディアだ。

変な握り方でボールを投げればいいのだ――。

ああ、なんで今までこんな簡単なことを考えなかったんだろう。普通にストレートなんて投げてたからいけなかったんだ。何が何でもボール球を投げなきゃいけないんだから、今までやったこともないような、ボールがキャッチャーに届くのかも怪しいような変てこなボールの握り方をすればいいんだ。

グラブの中で、思いっきり変な握り方をする。指と指が重なってこんがらがっている。こんなおかしな握り方でボールを投げた奴は、これまでの野球の歴史の中で、というか、たぶん人類の歴史の中で一人もいないだろう。

よし、これならさすがにストライクは入らないはずだ。俺はその握り方で投げた。

すると、次の瞬間、驚くべきことが起きた――。

相手のバットが空を切った。それから一秒ぐらい、球場中の音が止まったようだった。

「……ストライク、スリー」

球審が少し遅れてコールして、観客がどよめいた。沸いたのではない。どよめいたのだ。

相手バッターは、目を大きく見開いて、ボールが通ったコースを見ていた。彼だけでなく、俺の球を受けたキャッチャーも、ジャガーズとエレファンツのベンチにいる全員も、球審も塁審も、そして俺自身も、ぽかんとした顔で目を見開いていた。

原因は分かっていた。たぶん俺を含めて全員、同じことを思っていた。

なんだ、今の球は――。

あんな軌道の球は、まったく見たことがない。なんであんな変化をしたのか、投げた俺自身も、まったく分からない。

落ち着け。何かの間違いだ。心の中でそう自分に言い聞かせた。ただ、一方で俺の中に、猛烈な好奇心がわき出していた。

今の球を、もう一回投げてみたい——。

ボールが返ってくる。次のバッターが打席に立つ。そこで俺は、グラブの中で、ついさっき考えた、めちゃくちゃな握り方でボールを握る。

そして、二人目のバッターに対して、一球目を投げた。

「ストライク！」

球場がまたどよめく。たぶん客席からも、このとんでもなく異常な軌道は見えているはずだ。

俺は夢中で、もう一球投げた。

「ストライク！」

バッターは、とりあえず振ってみたという感じだった。そして、すぐに俺を見つめた。彼と目が合った。俺に怯えているのが分かった。とんでもない変化球を投げ始めた俺に、心から怯えているのが分かった。

ああ、ダメだ、楽しくなってきちゃった。

ダメだよ、これ以上こんな球投げたら、俺は試合後に殺されちゃうんだよ——。それは分かっていたのに、もうやめられなかった。

＊

「三者連続三振！　なんということでしょう！　私たちは今、とてつもない奇跡を目の当たりにしています。まさに、野球というスポーツの歴史に新たな一ページが加わる瞬間に立ち会っているのかもしれません。ペ・リーグの優勝チームが決まるこの試合の、延長十回の裏、ジャガーズのピッチャーの滝田が、おそらく人類史上初の、とんでもない変化球を投げ始めました！」

「いやあ、驚いた。こんな球、打てるわけないよお」

「ですよねえ、山村さん。これ、とんでもない軌道ですよね」

「何だよこりゃ、どういうことだよ？　信じられないよ……」

「あ、スロー映像が出ますか……。そう、まず、滝田のこの握り方ですよね」

「見たことないよ。何ですかこの握り方は。普通だったら絶対やらないよ」

「そして、ボールがリリースされた後の映像を、別角度からのスロー映像でご覧いただいておりますが……いや～、この驚くべき曲がり方です。高めに浮くかと思ったらすとんと落ちて、ところがそれからまた浮いて、浮きながら信じられないほど大きく右に曲がって、そこからまた左にぐいっと戻って、最終的にはちゃんとストライクゾーンに入って……」

「驚いたよお。何だよこれは、夢見てるみたいだよ」

＊

「滝田さん！　なんで今まで、こんな球投げれるの隠してたんですか！」

ベンチに帰るなり、キャッチャーの小倉《おぐら》が声をかけてきた。

「ああ、ごめん……自主練で試してたんだけどな、思い切って投げてみようと思って」

嘘だった。試したことなどなかった。

「滝田、次の回も頼めるな」

杉本投手コーチが声をかけてきた。俺は夢うつつのような気分で「はい」とうなずく。

「お前……本当に、びっくりさせるなよ」

杉本コーチが俺に言った、その直後だった。球場に大歓声が響いた。

この回先頭の、ジャガーズの村瀬《むらせ》が、ホームランを打ったのだ。

さらに、その次の安田《やすだ》もホームランを打った。二者連続のホームランだ。その次の宮本《みやもと》の打球は平凡な外野フライだったが、相手のセンターがそれを落とした。間違いなかった。相手のエレファンツの選手たちが、みんな動揺しているのだ。野球は守りからその次の攻撃のリズムが生まれる、なんてことを言うが、こういうパターンはまずないだろう。俺が投げたあのとんでもないボールを目の当たりにした余韻で、守備側のエレファンツの選手たちが、投手も野手も揃って自分を見失っているのだ。

結局、十一回の表、ジャガーズは三点を取った。

そして俺は、十一回の裏のマウンドに上がった。

夢なのかもしれないと、何度も思った。夢じゃなかったら俺は殺されてしまうのだ。でも、ついさっき編み出した変化球が、面白いように決まる。楽しいな。野球って楽しいな――。俺は最高の気分だった。少年野球を始めた頃、俺は地元で無敵だった。ばったばったと三振を取るのが爽快で、野球にのめり込んだ。

プロ入りしてからは、もうあんな感覚は味わえないだろうと思っていた。それがまさか、ここにきて味わえるなんて。しかも、アドリブで無茶苦茶な握り方をした球によって、それがもたらされるなんて――。

相手のエレファンツは混乱している。バッターが代わるたびに、一、二球は打とうとするのだが、その後は戦意喪失しているのが、手に取るように分かる。

一度、エレファンツの監督が、球審に抗議した。しばらくして、異例のことだが、球審がマウンドに来た。

「あの、滝田さん、手、見せてもらえます？」

「はい」

俺は球審の目の前で、右手のひらを広げてやった。

「何か塗ったりとか、ボールに細工したりとか……してないね」

球審は、俺の手をよく確認した後で「悪いね、疑って」と謝った。

「いえ、疑いたくなるのも当然です」

俺が答えると、球審は微笑みを浮かべて尋ねてきた。

「新しい変化球……だよね」

「はい」

「すっげえ……」

球審の目は潤んで輝いていた。中年のおじさんの審判なのに、プロ野球選手を前にした野球少年のような目になっていた。

すぐに試合は再開された。俺が投げるたびに、地鳴りのような歓声が響き渡った。相手のエレファンツのベンチは、もう全員が呆然としていた。

三人目のバッターの最後のスイングも、ただ振っただけだった。完全に腰が引けていた。

客席の歓声が爆発した。キャッチャーの小倉がぴょんぴょん跳ねて俺に駆け寄り、抱きついてきた。他のチームメイトも大喜びで俺のもとに集まる。

夢じゃないんだよな。これ、本当に夢じゃないんだよな。

夢じゃないってことは……あ〜あ、俺、ヤクザに殺されちゃうんだな。

でも、もう死んでもいいか。

最後、こんなに野球が楽しかったんだもんな。

＊

「三振〜！　試合終了！　ジャガーズ、十四年ぶりのペ・リーグ優勝です！　そして、優勝を決めたのは滝田。延長十回と十一回を、六者連続三振に斬ってとりました！　それも、前代未聞のとてつもない魔球を、この優勝決定試合で初めて投げた。なんということでしょうか！」

「本当にね……すごいもんを見せてもらいましたよ」

「さあ、ジャガーズの石川《いしかわ》監督の体が宙に舞います！　一回、二回、三回、四回、五回舞いました。そして次は……ああ、滝田ですね。決勝ホームランを打った村瀬よりも、まずは滝田ですね。やはり今日は、滝田を胴上げしないわけにはいかないでしょう！」

「いや、本当に……すごいよ、すごいよ」

「おっと、解説の山村さんも放送席で涙ぐんでおります」

「いや、別に私はね、ジャガーズびいきでも、滝田びいきでもないんだけどね……あんなすごい球を、まさかこんな大一番で見られるなんて思ってなかったからね。なんだかもう、感動してるのか驚いてるのか、訳の分からない涙が出てきちゃいましたよ」

「いや、正直、私を含め、放送席にいるスタッフも、今みんな目が潤んでいるのですが、これはもう、歴史的な瞬間に立ち会った感動からくる涙なのではないかと思います。先ほどから何度かウルトラスローカメラの映像を見ましたが、滝田の投げたボールは、間違いなく新しい変化球でした。何度見ても、もう明らかに尋常じゃない、とんでもない曲がり方を……あ、ここで、優勝監督インタビューですね」

＊

「以上、ペ・リーグ優勝を決めたジャガーズの石川監督のインタビューでした。続きまして、延長十回と十一回を六者連続三振で抑えた、滝田投手に来てもらいました！」

万雷の拍手に迎えられ、俺はヒーローインタビューのお立ち台に上がった。そういえば何年も上がっていなかった。

「まずは優勝おめでとうございます」

「……ありがとうございます」

俺は、笑顔を作りながら答えた。まるで徹夜明けのように、頭がぼおっとしていた。

「そして、観客席のみなさんも、テレビの前のみなさんも気になっていると思うんですが、あの球は、滝田選手が編み出した、新しい変化球ということでよろしいでしょうか？」

「はい」

うおおおっ、すげえええっ、そんな地鳴りのような歓声が響いた。

「それを、今日までとっておいたということですね？」

「はい」

もっと早く使えよ、とインタビューを終えた監督が後ろから茶化《ちゃか》したのが聞こえた。

「あの新しい変化球は、何という呼び方をすればいいでしょうか？」

「じゃあ……タキタボールで」

俺は、ぼんやりした頭で答えた。客席から、また地鳴りが響いた。

7

野球というスポーツは、タキタボールが誕生する前と後で、まったく別のものになったと言われている。

そのボールが初めて投げられたのは、日本のプロ野球のリーグ優勝が決まる重要な試合だったため、最高レベルの機材でその模様が撮影されていた。それが幸いして、ボールの握り方や球の軌道の研究は実にスムーズに進み、画期的な新球タキタボールは瞬く間に世界に広まった。

従来のセオリーをまるで無視するボールの握り方。だからこそ、それまでの常識を根底から覆《くつがえ》す回転がボールにかかり、とんでもない曲がり方をする。世界中の野球関係者のみならず、世界中の物理学者たちも、こんな形で球体に運動エネルギーを加えるとこんなことになるのかと、おおいに驚いたのだった。

世界中のピッチャーがタキタボールを習得するようになると、各国のプロ野球リーグで、過去に類を見ないほどの投高打低の傾向がみられるようになった。それから数年間、どこの国のプロ野球リーグでも、チーム打率は一割台が当たり前、首位打者ですら二割台半ばの打率となった。どんなに研究しても、タキタボールはまず打てない。世界中の野球関係者がその結論に達するのに、数年を要した。

そして最終的に、タキタボールを投げていいのは一イニングにつき三球まで、それ以上投げたピッチャーは強制的に交代させられるというルールが導入された。野球というスポーツは、タキタボールの発明によって、ルールブックを書き換えなければならないほどに様変わりしたのだった。

しかし、当の発明者の滝田悠作《ゆうさく》は、その球を大観衆の前で初めて投げた数日後に、不慮の交通事故で死亡してしまった。その悲劇性もあいまって、彼の功績は世界中で語り継がれることになった。高校野球のスターとして名を馳せたものの、肘を怪我して従来の速球が投げられなくなるという挫折を味わう。だがその後、持ち前のストイックさで変化球の研究に没頭し、チームメイトにすら秘密を貫いて、とうとうタキタボールを編み出した。柔軟な発想力と真摯《しんし》な努力の大切さを体現する、伝説のピッチャー。——世界中の野球少年たちに、彼の嘘だらけの感動的な伝記は読み継がれていったのだった。

ショートショート　シンデレラ・アップデート

むかしむかし、あるところに、シンデレラという女の子がいました。シンデレラはおさないころに母をなくしていて、まま母と、二人の姉とともにくらしていました。まま母と姉たちはとてもいじわるで、シンデレラを学校にも行かせず、毎日めしつかいのように、みの回りのせわをさせていました。

ある日、シンデレラの家に、おしろでひらかれる、王子さまのぶとう会のしょうたいじょうがとどきました。しかしシンデレラは行かせてもらえず……

（中略）

……二人の姉も、ガラスのくつをはこうとしましたが、足が大きくて入りませんでした。

さいごに、シンデレラがガラスのくつをはきました。もちろん、ガラスのくつはシンデレラの足にぴったりでした。

「あなたこそが、きのうぼくとダンスをおどった女せいだったのですね！」

王子さまはかんげきして言いました。ガラスのくつをもってきた王子さまのめしつかいも「すばらしい、ついに見つかりましたね」とよろこんでいました。

「どうかぼくと、けっこんしてください」

王子さまは、シンデレラに言いました。

するとシンデレラは、「はい、よろこんで」とこたえ……るんじゃないかという、おおかたのよそうをくつがえし、こう言いました。

「あの、王子さま。あなたは、ゆうべダンスをした私のかおを、ぜんぜんおぼえてなかったんですよね？　それで、足のサイズでようやく区別できるような男なんですよね？　そんな人、信用できるとおもいます？　じょうだんじゃないです。私、そんな男とけっこんする気はさらさらありません」

まわりのみんながぜっくする中、シンデレラはさらに言いました。

「そもそも私は、母と死別したせいで、学校にもかよえずに苦しい生活をしていました。そんなふこうな国民がいるにもかかわらず、あなた方はばく大なお金をかけて、ぶとう会をひらいた。あのぶとう会一回分のよさんで、私のような国民を何人すくえたでしょうか？　そんなことも考えようとしないあなたは、私の夫いぜんに、そもそもこの国の王子としてふさわしくありません。いや、あなただけではなく、あなたの父おやの王も、ガラスのくつをもってノコノコついてきた、そこのめしつかいのれんちゅうも、この国のトップにいるべき人間ではありません」

「なんだと、この小むすめ……」

と言いかけた、王子のめしつかいが、ふとまわりを見て、いきをのみました。

いつのまにか、シンデレラの家のまわりには、まちの住民たちが何十人もあつまっていて、王子やシンデレラたちのようすを見つめていたのでした。

「そうだ！　シンデレラの言うとおりだ！」

「ぶとう会だなんて、私もおかしいとおもってたわ！」

「おれたちびんぼう人に、高いぜい金をはらわせておいて、てめえらはゆうべみたいなぜいたくばっかりしてやがる！」

「ふざけんじゃねえぞ、くそったれが！」

「私たちはもう、がまんのげんかいだよ！」

次々にとんでくる国民たちのばせいに、王子と、たった三人のめしつかいは、おろおろするばかりでした。そのようすを見て、シンデレラは言いました。

「どうやら、国民のいかりも知らずに、ごえいの兵をつけず、まちまで下りてきたのが失ぱいだったようですね」

そしてシンデレラは、家のまわりにあつまった住民たちに向けて、一声さけびました。

「さあ、かくめいのはじまりだよ！　みんな、やっちまいな！」

住民たちは、「うおおおっ」とおたけびを上げて、王子とめしつかいたちにおそいかかりました。そして「やめてくれえっ」となさけなくさけぶ王子たちをつかまえて、引きずり回し、ぼっこぼこに、ぎったぎたに、ぐっしゃぐしゃに、とてもじゃないけど子ども向けのどうわには書けないようなえげつないぼう力をふるい、さいごに王子たちをロープでぎゅっとしばりました。

「よし、それじゃ、一気にしろをのっとるよ！　もうこいつらの好きにさせるもんか！」

シンデレラのかけ声に、おこった国民たちは「おお〜っ！」とさけび声を上げました。

そして、シンデレラを先とうに、ロープでしばった王子たちを引きずりながら、みんなでしろに向かってあるきました。民しゅうのかずは、みるみるふくれ上がっていきました。

一方、しろにいた王さまと、そのぶかたちは、とつぜんしろに向かってきた、何千人もの国民を見ておどろきました。

「お、お前ら、何をしている！　これいじょう王さまのしろに近づくのはゆるさんぞ！」

しろのごえいの兵たいが、しろの門の手前まできたシンデレラに向かって、あわててやりをかまえました。しかしシンデレラは、ひるむことなく言いかえしました。

「私をころしてみろ。この王子もしぬことになるぞ」

シンデレラがうしろをゆびさすと、兵たいたちはおどろきました。民しゅうにかこまれた王子とめしつかいが、きずだらけになってロープでしばられ、首もとにナイフをつきつけられているのを見て、何もできなくなってしまいました。

「お前たちがもっているぶきをすべて、われわれにわたせ。さもないと、今ここで王子は死ぬことになる」

「み、みんな、おねがいら、ぶきをわたひてくれえっ！」

ぼっこぼこになぐられて、はを何本もおられた王子が泣きさけんだ声を聞いて、兵たいたちはあわてて、ぶきをすべて手ばなしました。シンデレラについてきた民しゅうが、すぐにそのぶきを回しゅうしました。

さわぎに気づいた王さまも、しろの入り口から出てきました。

「な、何をしてるんだ！　む、むすこになんてことを！」

おどろいて思わずこしをぬかしてしまった王さまに、シンデレラは言いました。

「お前のバカむすこは、われわれが人じちにとった。これからはわれわれ国民が、自分の手でせいじを行う。バカむすこをころされたくなかったら、言うとおりにしろ！　今すぐこのしろを明けわたせ！　このくされげどうが！」

「は、はいっ！」

王さまは声をうらがえしてへんじをすると、シンデレラたちにしろを明けわたしました。

それからは、シンデレラがリーダーとなり、国のせいじを行いました。いきおいで国をのっとったかくめいかに、まともなせいじができるのかとうたがう人もいましたが、シンデレラはたくさんの国民のいけんを聞き、国会ぎいんをせんきょでえらぶ、民しゅしゅぎをどう入することに決めました。国会ぎいんの半分は女せいにすることもきめ、王ぞくの生活にかかるお金はけずりまくって、しょ民と同じレベルの生活をさせ、その分のお金をつかって、国民のふくしやきょういくやインフラをじゅうじつさせました。さらに、ぜい金のつかいみちをとうめい化し、シンデレラじしんも決してぜいたくはせず、民しゅしゅぎを定ちゃくさせて国家うんえいが安定してからは、次にせんきょでえらばれたリーダーにそのざをゆずりました。

こうしてシンデレラの国は、シンデレラがただ王子にくどかれてけっこんしたばあいより、はるかにすばらしい国になったのでした。こっちの方がよっぽど、めでたしめでたし。

心霊昨今

「ねえリョウタ、マジやばくない？　超怖いんだけど」

「おお、やっぱ雰囲気あるよな。心霊スポットだもんな」

月のない真っ暗な夜。元々ホテルだった廃墟《はいきよ》の中に肝試しに来た若い男女二人が、スマホのライトを頼りに、手をつなぎながら、こわごわと歩を進めていく。

「なんかここ、昔火事があって、人がいっぱい死んじゃったらしいからな」

「え、そうなんだ、マジやばいね」

そこで、リョウタという男が立ち止まり、ふと思い立ったように言った。

「なあユイ、ここで写真撮ったら、心霊写真撮れんじゃね？」

「わ～、超やばい！」

程度が著しいさまは全て「やばい」という形容詞のみを使い回しているユイという女が、はしゃいだ声を上げた。

「じゃ、撮ろう撮ろう」

ユイがスマホを取り出し、リョウタと顔を寄せ合った。カシャッとシャッター音が響く。

「撮れたかな～」

ユイが笑いながら言う。リョウタもにやつきながら、スマホの画面を確認する。

直後、二人は揃って息を呑んだ。

「えっ……ちょっと待って、何これ」

「うわっ、マジかよ……」

スマホの画面の中で、笑顔で並ぶユイとリョウタ。その背後の暗闇に、明らかに二人のものとは異なる、二つの青白い顔が浮かび上がっている。

その二つの顔は、禍々《まがまが》しい表情で、ユイとリョウタを睨みつけている。

「嘘だろ……これ、マジで心霊写真じゃん！」

「きゃああああっ、やばいやばいやばい！」

ユイが泣き顔で悲鳴を上げ、二人は脱兎《だっと》のごとく駆け出した。

「急げ！　急げ！」

「やばい！　やばいよおっ！」

いつ捨てられたか分からないゴミや、朽《く》ちて剝《は》がれた壁材などに何度も足を取られそうになりながら、二人はどうにか廃墟の外に出る。

「早く乗れ！」

二人は、駐車場跡に停めてあった、車高の低いリョウタの車に飛び乗った。

「怖い、怖い……」

ユイは助手席でがちがちと歯を鳴らしながら、鳥肌がびっしり立った両腕をさすっている。すぐにリョウタが車を発進させ、交通量もまばらな夜の県道に出る。

助手席のユイは、スマホでさっき撮った写真を見た。

「ああ、やっぱり写ってる……」

「馬鹿、見んなよ、呪《のろ》われっぞ！」リョウタが運転しながら叫ぶ。「消せ、早く消せ！」

「そんなに怒鳴んないでよ、余計怖いじゃん！」

ユイは泣き声で言い返してから、スマホで電話をかけた。

「もしもしマナ、今から会えない？」

「おい、なに電話してんだよ？」

運転席で戸惑った声を上げたリョウタに、ユイが言い返す。

「だって、二人だけじゃ怖いじゃん！」

すぐにユイが、スマホに耳を当て通話を続ける。

「え、タクも一緒にいるの？……いつものサイゼ？　うん、じゃあ今から行く。……うん、マジですぐ会いたいの」

「あ、サイゼ行くのか……分かったよ」

リョウタが、通話中のユイを横目につぶやきながら、ハンドルを切った。

それから約十分後。

ユイとリョウタは、サイゼリヤというレストランにて、マナとタクという、もう一組の若い男女と合流した。

「何これ、嘘でしょ〜？」

「フォトショ？　それとも新しいアプリ？」

マナとタクは、ユイのスマホに写った心霊写真を見ながら、楽しげに笑った。二人とも、少しも怖がってはいない様子だ。

「違うって、マジで撮れたんだよ〜」

リョウタが真剣に訴えたが、タクは「またまた〜」と笑ってあしらった。

「いや、マジでマジなんだって〜」

ユイも強く言ったが、今度はマナが手を叩いて笑う。

「マジでマジって、ウケるんだけど」

「ちょっと笑わないでよ〜。これついさっき、マジで撮ったやつなの。ほら、この前ここで一緒に調べた、心霊スポットの廃墟のとこで」

「ほんとに〜？」

マナが、笑いながらも、少し真剣な表情になりかけた。

だがそこで、タクが頬杖《ほおづえ》をつきながら言った。

「てかさあ、この前、間違って変なアプリでも入れちゃったんじゃね？」

「変なアプリ？」ユイが聞き返す。

「ほら、この前さあ、なんでか忘れたけど幽霊の話になって、この辺の心霊スポットとか、意味が分かると怖い話とか、ユイのスマホで色々調べたじゃん。その時、間違って変な広告とか触って、アプリをダウンロードしちゃったのかもよ。写真撮ったら幽霊っぽいのが背景に写るアプリとか、たしかあったと思うから」

「あ、そんなアプリあるんだ……。じゃあ、それかな」ユイが苦笑しながら言った。

「なんだ、アプリかよ～。マジでびびっちゃったよ」リョウタも照れたように笑う。

「え、ていうか、有料のだったら嫌なんだけど。勝手にお金取られたりしないかな」

ユイが不安げに言ったが、すぐにタクが答える。

「まあ、アンインストールすりゃ大丈夫だよ。有料だとしても百円とかだろうし」

「タクにやってもらえば？　ＩＴ企業勤務だから」マナが言った。

「バイトだけどな」タクが笑う。

「じゃ、後でお願いしていい？」ユイが申し出る。

「オッケー」タクが親指を立てる。

そこでマナが、ふと思い出したように言った。

「あ、それよりもさあ、この前、マジやばいパンケーキの店見つけたんだけど」

「え、どこどこ？」

「メガドンキの隣に最近できたとこなんだけど〜、この前タクと一緒に行ったんだ。この、ダブルベリーとホイップクリームっていうのが、マジばえるの〜」

マナが、自らのスマホの画面を見せた。それを見てユイが声を上げる。

「あ、ほんとだ〜。ばえる〜」

「今度四人で行こうよ〜」

――と、いつしか四人は、心霊写真のことなどすっかり忘れ、次の休日にパンケーキを食べに行こうという話題に移ってしまった。

「くそっ！　こいつら、もう俺たちのことなんて忘れてやがる！」

俺は、若者四人を目の前にして、悔しさ余って拳《こぶし》を振り下ろした。テーブルをすり抜け、拳は空を切る。

「俺たちの写真を撮って十分やそこらで、もう恐怖を忘れるなんて……。今の若い奴らは、どこまで図太いんだ！」

俺は心の底から嘆いた。隣で隆男《たかお》もうなずいて語る。

「心霊写真を撮れるアプリなんてものまであるんじゃ、こっちも商売上がったりだな……。まあ、商売でやってるわけじゃないけど」

「まったく、昔はよかったよ。人間たちがみんな、俺たちを怖がってたんだから」

「昔はよかった、か……」

隆男が遠い目でつぶやき、俺たちはほんの数十年前までを懐かしんだ。

パソコンやらスマホやらが普及するまではよかったのだ。人間たちはみな、写真やビデオに写り込んだ俺たちを見て、悲鳴を上げて恐怖したものだった。特に毎年夏頃になると、テレビでは心霊番組が頻繁に放送されて、出演者も視聴者もみな、俺たちが写った心霊写真や心霊映像を見て恐れおののいていた。

ところが、デジタル技術が進歩し、誰でも手軽に画像の加工ができるようになってしまった今、人間たちは俺たちの姿がばっちり写った動画や静止画を見たところで、画像加工のソフトやらアプリやらを使ったんじゃないかと、難癖をつけるようになってしまった。その結果、かつての心霊文化はすっかり廃《すた》れてしまったのだ。

「昔は、テレビや雑誌で俺の写真が取り上げられたこともあったんだ。そういう心霊番組とか心霊特集の記事を見るたびに、日本中の人間が俺たち幽霊を怖がった。もちろん面白がってた部分もあっただろうけど、その根底には、ちゃんと俺たちへの怯えがあった……。なのに、今はどうだ」

俺は、目の前でスマホ片手にパンケーキの話をする男女を見て嘆いた。

「こいつらは、もう俺たち幽霊を怖がっちゃいない。一時的に怖がりはしても、すぐにその恐怖を忘れちまう。死者を恐れるっていうのは、大事なことだったはずだ。恐怖の『恐れ』が、畏敬《いけい》の『畏《おそ》れ』に、昔はたしかにつながってたはずなんだ。でも今のこいつらは、どっちのおそれも抱いていない」

俺は悔しさを吐き出した後、自分を奮い立たせるように言った。

「とにかく俺たちにできることは、昔みたいに、いや昔以上に写真やビデオに写り込みまくって、現代人たちを怖がらせることだ。カメラの数も、人がカメラで撮影をする回数も、昔より格段に増えてるんだから、間違いなく昔より数はこなせるはずだ。地道に活動を続けていれば、いつか実を結ぶはずだ。――よし、とりあえずこいつらの後をつけて、また写ってやろうぜ。次にいつ写真や動画を撮るかは分からねえけど、そのチャンスを逃さずに、今度はもっとはっきり写っ……」

と、俺が語りながら、隣の隆男を見た時だった。

隆男に、明らかな異変が起きていた。

「えっ……隆男、体が薄くなってないか？」

幽霊同士だと、相手の体は、半透明よりは若干濃いぐらいに見えるものなのだが、隆男の体は、すでに半透明よりもだいぶ薄くなっていた。

「たぶん、来るべき時が来たんだろうな……」

隆男が、自分の体を見ながら、あきらめたように笑った。

「おい隆男、まさか、お前……」

俺がおそるおそる声をかけると、隆男はとうとう、最も恐れていた言葉を口にした。

「ああ。俺、成仏《じょうぶつ》するわ」

「ちょっと待ってくれよ！」俺は叫んだ。

「自分でもびっくりしてるよ。これって急にくるんだな。——でもやっぱり、ここ最近の俺たちを客観的に見て、もう限界だなって思ってたんだ。もう幽霊としてやれることは何もないんじゃないかって、心の底で自覚したから、成仏することになったんだと思う」

隆男は哀《かな》しげな笑みを浮かべながら、俺に手を振った。

「悪いな、先に行っちゃって。じゃ、達者でな」

「待てって、おい……ああっ……」

隆男はまばゆい光に包まれ、あっという間に消えてしまった。俺の眼前に残ったのは、ミラノ風ドリアとやらを食べる隣の席の男だけだ。

隆男は、かれこれ二十年ほど俺と行動を共にしてきた幽霊で、元々は東海道新幹線の工事の殉職者だった。一九六四年の東京オリンピックに間に合わせるための突貫工事のツケで二百人以上が死んでいるのに、現代人にほとんど忘れ去られていることに腹を立てていて、今一度現代人たちに死者への畏敬の念を思い出させなければいけないという思いが俺と一致したため、長い間二人で活動してきたのだった。

それが、まさかこんなにあっさりと、しかもサイゼリヤなどという霊的な厳粛さがゼロの場所で、成仏してしまうとは思わなかった。

「ちくしょう、寂しいじゃねえかよ……」

俺は、突然訪れた孤独感にうちひしがれた。

それでも俺は、また歩き出した。まあ厳密には足がないので、歩き出したというよりは進み出した。サイゼリヤの壁をすり抜け、夜の道を一人で進む。これからまた、相棒の幽霊を探さなくてはいけない。

俺は幽霊になってから、もう七十五年になる。一応、生前は柳田《やなぎだ》勇《いさむ》という名前だったが、今となっては名前で呼ばれる機会などない。

召集が決まっていた十七歳の時、俺は空襲に遭って焼け死んだ。空襲警報が鳴って逃げ込んだ防空壕《ごう》に爆弾が直撃し、母も姉も弟も祖母も、近所の人も全員死んだのだった。

軍国少年が周りに多かった中で、生前の俺はひねくれ者だった。アメリカと戦争をして勝てるわけがないと思っていた。まあ、昔アメリカに行ったことがある叔父が、憲兵にばれないようにうちの家族にだけこっそり言っていたことの受け売りだったんだけど、それが実際に当たっていたことは、俺が焼け死んだ数ヶ月後に証明された。

しかし、敗戦を見越していた賢明な俺が死ななければいけないのは納得いかなかった。それも、全身が焼けただれながら死んでいったあの地獄の苦しみは、幽霊になった今でも忘れられない。ろくな物も食えず、ずっと腹を空《す》かせ、暴力と横暴に満ちあふれた軍事教練を受けさせられ、それでも日本が勝つと本気で信じている様子だった級友たちを内心馬鹿にしながら、俺だけは戦地に行ってもどうにか生きて帰ってやると密《ひそ》かに思っているさなかに、何の救いもない死に方をしたのだ。こんなふざけた話があるかと、死んでからも怒りが収まらなかった。

なのに、家族を含め、一緒に死んだ奴らはみんなさっさと成仏してしまった。まったく信じられなかった。よくもまあそんなにあっさりと気持ちを切り替えられるものだと呆れるばかりだった。俺は、俺を死に至らしめた世界のすべてが憎かった。この憎しみを成仏しておじゃんにしてしまうなんて、とても考えられなかった。この憎き世界に俺の怒りをぶちまけてやりたい、そのためにはたとえ一人になっても現世に残り続けてやるという思いは、今でも消えていない。

そう考えているのは俺だけではない。死者全体からすればほんの一握りではあるが、自分が死んだことに納得できず現世に残り続けて、怒りや憎しみを発散し続けている先人たちは、探せばそれなりにいるのだ。それこそ、俺より何百年も前から残り続けている大先輩の落ち武者の霊だって、古戦場跡などには今でもちらほらと存在している。

そんな俺たちにとって何より腹立たしいのは、現代の人間たちの間で、死者へのおそれの念が薄まり続けていることだ。俺が生きていた頃は、盆や彼岸《ひがん》のみならず、数々の法事法要がきっちり行われていた。死者たちの積み重ねの上に今があり、死者に生かされているのだという思いを、当時の人々は持ち続けていた。それが今はどうだ。盆も彼岸もずいぶんおざなりになって、死者どころか年長者を敬《うやま》う心すら失い、しまいには年長者を指して老害だなんて言う始末だ。それに、幽霊を茶化すような小説や映像作品を作る輩《やから》も多い。特に、幽霊を題材にしてコメディの作品を作るような、たとえば三流刑事の祖母である守護霊が孫のために事件を解決してやる、なんてふざけた内容の推理小説を書くような作家を見つけたら、すぐにでも呪い殺してやりたい。

そんな人間たちに幽霊への恐怖を植え付けるために、俺は人間たちが撮影する写真や動画に写り込む活動を続けてきたのだが、長年維持している強い思いとは裏腹に、実はここ最近、重大な問題を抱えている。

どうやら、俺の霊力が、少々弱まっているようなのだ。

昔は、生者が写真を撮っているところにただ立っているだけで、誰が見ても心霊写真というレベルにくっきり写り込むことができた。でも今は、相当意識を集中させても、うっすらとしか写ることができない。認めたくはないが、死後七十五年も経って、幽霊として年を取ってしまったのかもしれない。そんな状況で、一人で心霊写真に写り込もうとしても成功の確率が下がってしまうから、同志である隆男と行動を共にしていたのだ。

ところが、そんな隆男に、このたび突然成仏されてしまった。こうなったら他の相棒を探すしかない――というわけで、俺は旅に出たのだった。

「どうだ、俺と組んで、心霊写真に写らないか？」

「え？　まだそんなことやってんの？」

と、心ない言葉をかけられたり、

「一緒に心霊写真に写らないか？」

「心霊写真？　ダサっ！　古っ！　やるわけないじゃん」

と、もっと心ない言葉をぶつけられたりしながら、俺は現世でさまよっている霊を見つけては、片っ端から声をかけた。――それにしても「古っ」という言葉はショックだった。俺だって、永遠の十七歳である幽霊として、現代風の言葉遣いをするようにしたり、爺臭《じじ》くならないようそれなりに努力しているのだ。でも今では、そもそも心霊写真というもの自体を古いと感じる幽霊が出てきてしまっているようだ。

そうやって各地を回り、何十人もの霊に断られたが、それでもめげずに探し歩いた末に、都内の住宅街にて、ようやく新しい相棒が見つかった。

「……ってわけで、心霊写真や心霊映像に写れば、生きてる人間たちに俺たちの恐ろしさを再認識させることができると思うんだよ。どうだ、一緒にやらねえか？」

俺の誘い文句に、長い黒髪に白い服の女、千晶《ちあき》は、黙ってうなずいた。

「よし、じゃ一緒に行こうぜ」

全然喋らない女だが、長い黒髪の女というのは、いかにも幽霊という定番の見た目なので、人間たちに強い印象を与えられるだろう。この定番の姿からして、もしかして幽霊としては先輩なのかとも思ったが、白い服はよく見たら着物ではなく、現代風のデザインのワンピースのようなので、たぶん最近死んだ幽霊だろう。カーキ色の国民服を着ている俺の方が先輩のはずだ。

「それじゃ、作戦を立てていこうじゃねえか。今まで俺がやってきた方法は、ちょっと限界だったのかもしれないから、もし新しい画期的な案があったら遠慮なく出してくれよ」

俺は早速、千晶と作戦会議を開いた。

それから数十分後——。

「なるほど、今はユーチューバーなんて奴らがいるのか」

千晶は、消え入りそうな声でぼそぼそとしか喋らないので、聞き取るのが少々大変だったが、それでも俺よりずっと最近まで生きていただけあって、俺には思い付かない斬新な案を出してくれた。

なんでも最近は、インターネットのユーチューブというものを使って、自分たちの映像を撮影して、全世界に発信している人間たちがいるらしい。そんなユーチューバーと呼ばれる連中の中でも、特に人気のある者は、毎日のように発信する映像に何十万人もの常連の視聴者がついているらしい。

そして千晶は、そのユーチューバーに心当たりがあるというのだ。

「私が生きてた頃、近所のスーパーで、たまに見かけたの……。たぶん、バズラーズのシユウで間違いないと思う……。一回話しかけたら、無視されちゃったけど……でもあれはたぶん、私の声が小さかったから……」

　と、これだけの内容を聞き取るのにも何度か聞き返さなければいけなかったが、要するに、バズラーズというユーチューバーの二人組のうちの、シュウという男が、千晶の生前の住所の近くに住んでいたというのだ。

「ということは、そのスーパーでシュウとやらを待ち伏せて、後をつけていけば、そいつらの撮影現場まで行けるってことだな」

「うん」千晶は黒髪を不気味に垂らしながらうなずいた。「動画を見た感じだと、バズラーズはたぶん、自分の家で撮ってるんだと思う」

「じゃ、そいつの家までついて行って、撮影中に映り込めば、一度に何十万人もの人間に俺たちの姿を見せつけられるってわけか。そりゃいいな」

　今までの俺は、草の根的な活動しかできていなかった。地道に一般人のカメラに写り続けて、それが口コミや心霊番組などで話題になることを狙っていた。しかし、今や一般人の中にも、全世界に映像を発信している奴らがいるというのだ。そいつらを利用する方が、多くの人間に俺たち幽霊の姿を見せつけるには効果的に決まっている。

　とはいえ、心配事が一つあった。俺は千晶に尋ねた。

「ところで、そいつらが撮影する時の照明ってのは、どんな感じだ？　ていうのも、俺たち幽霊は、あんまり明るい照明があるとカメラに映れないんだよ。——実は俺、テレビ局に入り込んで、生放送の番組のカメラに映ろうとしたことは何度かあるんだ。でも、テレビ局のスタジオっていうのは、どこも照明が明るすぎてな。カメラの前に立っても全然映れなかったんだよ」

「ああ……バズラーズは、たぶん普通の家の明かりでやってると思う。動画では、そんなに明るい感じはしなかったから……」

「よし、ならたぶん大丈夫だ。じゃ、その作戦でやってみよう！」

俺は千晶に、力強くうなずきかけた。

「でかしたぞ千晶、ここまではすこぶる順調だ」

俺たちは、シュウという男を見つけて尾行し、首尾よく彼のマンションの部屋までついて行った。そこには、たしかにパソコンと撮影機材があった。

「あ、でも……やっぱり照明あったね」

千晶が、テーブルの上のリング型の照明器具を指し、申し訳なさそうに俺に謝ってきた。

「ごめんなさい……。私、間違っちゃってた……」

「なに、大丈夫だ。あれならテレビの照明ほどの明るさはないだろうから、俺たちも映り込めるだろう。それに、ここまで来られたのは全部千晶のおかげなんだ。感謝してるよ」

俺が言葉をかけると、千晶は照れたように顔を伏せ、長い黒髪ですっかり顔が隠れてしまった。そういえば、たしか一昔前に、こんな格好の女の霊がテレビ画面から這《は》い出してくるような内容の恐怖映画が流行っていた。つまり千晶は、人間に恐怖を抱かせるのに最適な見た目のはずだ。うん、実にいい相棒を見つけたぞ。

「それより、カメラがこっちを向いてるってことは、あの本棚が入りそうだな」

俺はカメラのレンズの先を指差して言った。

「本棚の陰が、少し暗くなってるよな。あそこに立てば、俺たちの姿が映りやすくなると思うんだ。暗闇に近い場所ほど、俺たちの姿はカメラに映りやすいからな」

と、その時。ピンポーンとチャイムが鳴った。

「ああ、相方のケンタが来たみたい」

千晶が言った。――そういえば千晶は、いつの間にかぼそぼそと喋らず、はっきり喋るようになっていた。

部屋に入ってきたのは、もう一人の若い男だった。シュウと同じように、俺たちの時代には許されなかった長さまで伸ばした髪を、金色に染めている。シュウの髪は薄茶色だ。

「こいつがケンタか」

部屋に入ってきた金髪を指して俺が尋ねると、千晶が「うん」とうなずいた。

シュウとケンタは、挨拶も、一言の会話も交《か》わすことなく、ただ黙々と機材をいじり、撮影準備を進めていった。その様子を見て、俺はまた千晶に尋ねた。

「こいつら、仲が悪いのか？」

「どうなのかな……でも、お笑いコンビでも、楽屋では喋らない人とかいるらしいし」

と、そこで千晶が、準備が進む卓上のパソコンの画面を指して言った。

「ていうか、今日は生配信みたいだね。そこに書いてある。十七時から生配信って」

パソコンの画面に、たしかにそんな表示が見てとれた。

「生配信ってのは……つまり、テレビでいうところの生放送ってことか」

「うん」

「最高じゃねえか。映っちまえば、その瞬間に大勢の人間に見られるってことだろ。これは期待できるぞ」

俺は笑って言いながら、時計を見た。

「十七時からだから……あと二分やそこらだよな」

時計はすでに、午後四時五十八分を指している。

「いいのか？　機械の準備はしてるけど、喋る内容の打ち合わせなんかは、さっきから何もしてないよな」

「うん……ただ喋るだけだったら、こんなもんなんじゃない？」千晶は言った。

「打ち合わせもしないで、ただ二人で喋るだけなのに、何十万人が見るのか……。つまり、こいつらが喋る話ってのは、落語家や漫才師も真っ青《まっさお》になるぐらい、とんでもなく面白いってことか」

「いや……そうでもない。ていうか、そんなに面白くない。その普通の感じがいいの」

「なんだそりゃ」

よく分からない。知らない人間の、そんなに面白くない普通の会話をなぜ聞きたいのか。普通の会話でいいなら、家族や友達とでも話せばいいのに。

「……まあいい。どうせ俺たちが映り込んで、ぶち壊してやるんだからな」

「あ、もう始まるね」

千晶が指差した先で、シュウとケンタが、カメラの前のソファに座った。そして、時計が五時を示すのに合わせて、パソコンやカメラを操作し、急に元気よく声を上げた。

「さ、ということで始まりました、バズラーズの生配信です」

「イエーイ！」

そこから、さっきまでろくに会話していなかったとは思えないぐらい、二人とも生き生きと喋り始めた。

とはいえその内容は、千晶が言っていた通り、特別面白いわけではなかった。俺が生前見たことのある落語家のように、くすぐりやオチを入れることもなく、本当にただの日常の話をしていた。シュウが寝不足だという話から、寝る時にどんな姿勢かということなどをお互いに話し、時々二人とも喋ることがなくなって少し間が空いたりして、決して話が上手とは言いがたい様子だった。

まあ、内容なんてどうでもいいのだ。俺は、生配信されている映像が映し出されたパソコン画面を確認してから、千晶に言った。

「よし、やっぱりあの本棚の陰が、ちゃんとカメラの画角に入ってるな。そろそろ俺たち、出てやろうぜ」

「うん……なんか、楽しそう」

千晶が初めて笑顔を見せた。そして、シュウとケンタの背後の本棚の脇に、俺たち二人で立った。

「さあ行くぞ！」

俺が気合いを入れる。全身に力を込めると、カメラを通せば人間の目で見えるぐらいに、ぼんやりと姿が浮き上がる。それがパソコンの画面でしっかり確認できた。

一方、千晶はやはり幽霊として若いこともあってか、本棚の陰に立つだけで、すぐ姿が浮き出た。

「よし、いいぞ、ばっちり映ってる。じゃ、なるべく恨めしそうな顔で、カメラを睨みつけてやるんだ」

「こう？」

「おお、いいぞいいぞ……。そうだな、もうちょっと顔を伏せてみようか。長い髪が垂れて、より怖さが増すぞ……。うん、すごくいいぞ、その調子だ」

国民服姿の坊主頭の男と、白い服に長い黒髪の女。典型的な幽霊の姿をした俺たち二人が、ユーチューバーの二人組の背後の、本棚の陰のわずかな暗闇で、恨めしそうにカメラを睨みつけている様子が、こちらからも確認できた。

するとすると千晶が、顔の前に垂らした長い髪の隙間から、パソコンの画面を見て言った。

「あ、視聴者が気付いた。コメント欄に私たちのことが書かれてる」

「コメント欄……ああ、あの画面の端の文字のことか」

パソコンの画面の隅に、『そんなことより後ろ！』『幽霊うつってる！』『お化けお化け！』『こわいまじこわい！』などという短文が、どんどん積み上がっていく。どうやらあれが、視聴者がこの生配信を見ながら送ってきているコメントらしい。――なるほど、テレビとは違って、視聴者もこういう形で参加できるという楽しみ方があるのか。ユーチューブの人気の理由が少しだけ分かった気がした。

「よし、いいぞ。世界中の人間たちが、今まさに俺たちの姿に恐れおののいてるんだ！　最高じゃねえか！　どうだ千晶、いい気分だろ」

俺は作戦成功を確信して言った。

「うん、楽しい！」

千晶も、長い黒髪の下で笑顔になっていた。

「……おっと、あんまり喜んじゃいけねえな。恨めしそうな表情を作っておかないとな」

俺は、ほころびかけた顔を慌てて引き締めて、またカメラの方向を睨みつけた。その視界の端で、視聴者たちからのコメントがどんどん積み上がっていく。

すると、バズラーズの二人も、それに気付いたようだった。

「え、何？　幽霊が後ろにいるとかコメント来てるんだけど」

「何それ？」

二人が揃ってこちらを振り向く。しかし、よほど霊感が強い人間でない限り、カメラを通さないと俺たちの姿は見えない。バズラーズの二人にも全然見えていないようだった。

「何も見えないけど……」

そこでケンタが、パソコン画面の、自分たちが映っている生配信動画を見て気付いた。

「あれっ、こっちにはなんか映ってる！」

「あ、本当だ！　何これ？」

シュウも、画面の中の本棚の陰に映っている、俺たちの姿を指して驚いた。

「え、マジで幽霊みたいじゃん！　超怖《こえ》え！」

ケンタが、彼には見えていない背後の俺たちと、俺たちの姿が映ったパソコンの画面を、何度も見比べてからシュウに言った。

「へえ、すげえ……。で、これ、どうやってんの？」

「どうやってんのって……何が？」

シュウが、少し間を空けてからケンタに聞き返す。するとケンタが、苦笑気味に言った。

「いや、ぶっちゃけ、これドッキリでしょ？」

「は？　いや、違うんだけど」

「いや、いいって、そういうの。もう分かってるからさ……」

「だから違うって。マジで俺も知らないんだって」

「え……でも、なんかもう、リアクションのとりようもないし」

ケンタもシュウも、なんだか表情が暗くなってきた。

「いや、マジでもう、ネタばらしするんだったらさっさとしてよ」ケンタが言った。

「だから、俺も知らないんだって！」シュウがいらついた様子で言い返す。

「そんなわけないじゃん、ここお前の部屋なんだから。何かセッティングしたんだろ？」

「いや、マジで違うっつってんじゃん」

なんだか、二人の雰囲気が険悪になってきた。

一方、コメント欄に、次々と視聴者からの短文が表示される。

『何これ？』『ドッキリが失敗してグズグズになったパターン？』『てか二人ともマジで喧嘩してない？』『もしかしてあれ本物の幽霊なんじゃない？』『それはないでしょｗ』『たぶんプロジェクター使ってる』『この前別のユーチューバーが、心霊動画作れるって紹介してたやつだ。誰だっけ』『こんなの何人も紹介してるわｗ』『今さら感ｗｗ』『ネタ切れしてこんなのに手出すようになったか』『それで結局グズグズになって終わるって』『バズラーズ、もうダメだな』『こいつらネタ切れｗｗｗ』『オワタｗｗｗ』

そんなコメントを見て、ケンタとシュウはますます険悪になる。

「いや、マジで視聴者からも呆れられてるから。早くネタばらししろって」

ケンタが言った。もう笑みは完全に消えている。

「だからネタとかじゃねえっての」シュウもケンタを睨み返す。

「何だよマジで……」

　ケンタが、あからさまに舌打ちをする。それから十秒ほど、実に気まずい沈黙が流れたところで、シュウが言った。

「もういいや。今日の生配信は終わりま～す。さよなら～」

　そしてシュウが、カメラとパソコンを操作し、コメント欄やカメラの映像が画面から消えた直後、ケンタにつかみかかった。

「おめえ何なんだよあの態度！」

「はあ？　てめえが訳分かんねえドッキリ仕掛けたからだろ！」

　ケンタも負けじとシュウにつかみかかり、互いに相手の胸倉をつかんで言い合いになる。

「ドッキリなんてやってねえっつってんだろ！」

「そんなわけねえだろ馬鹿野郎！」

「マジで知らねえっつってんだろ！」

「とぼけてんじゃねえよクソが！　てめえつまんねえんだよ！」

「何だとこら！」

　と、ほんの数分前まで、カメラの前で笑顔で他愛もない話をしていたのが嘘のように、二人は本気の喧嘩を始めてしまった。というか、生配信の前のまったく会話がない雰囲気こそが、この二人の本来の間柄だったようだ。

「殺すぞこの野郎！」

「うるせえ、てめえこそぶっ殺すぞ！」

シュウとケンタの言い合いを聞いて、俺はかちんときた。

「おいっ、やめろ！　軽々しく殺すとか言うな！　一度も死んだことがない分際で！」

俺は思わず怒鳴りつけ、二人の間に割って入った——のだが、幽霊なので声を聞かせることも体に触れることもできず、二人が気付くはずもない。

そうこうしているうちに、とうとうケンタが、決定的な一言を放ってしまった。

「もういいよ！　解散だよ馬鹿！」

そしてケンタは、シュウを突き飛ばして床に倒し、足早に部屋を出て行った。

「ざけんなよマジで……」

シュウが舌打ちしながら立ち上がり、さっきまで二人で座っていたソファを蹴った。

「ああっ、まずいな、解散しちゃった」

俺は頭を抱えた。せっかく見つけたユーチューバーなのに、もう動画を発信することをやめてしまったら、俺たちの作戦もおじゃんになってしまう。

だが、そこで千晶が言った。

「本当に解散するとは限らないんじゃないかな。ほら、カップルとかでも、一回喧嘩して別れるって言っても、そのあと仲直りして別れないことだってあるし」

「ああ……そうか、そうだよな」俺は気を取り直した。「とりあえず、もうしばらくこの部屋にいようか。それで、またこいつらが仲直りして生配信してくれたら、その時にまた映ろう。次こそは、俺たちが本物の幽霊なんだって、ちゃんと気付くかもしれないしな。それでいいか？　千晶」

「うん……」千晶はうなずいた後、消え入りそうな声で言った。「ごめんね、私の出方が悪かったのかも……」

「何を言ってんだ。千晶は全然悪くない。それどころか、長い黒髪を垂らした姿は最高だったぞ。そもそも、千晶がいなけりゃ、ユーチューブとか生配信なんてものも、俺は知らないままだったんだからよ。本当に感謝してるよ」

俺が言うと、千晶は微笑んでうつむいた。ほんの少しだけ千晶の体が薄くなった気がしたのは、たぶん気のせいだろう。とにかく、今日は失敗してしまったが、シュウとケンタが仲直りさえしてくれれば、この作戦はきっと実を結ぶはずだ。

と、思っていたのだが——。その翌日のことだった。

「バズラーズは、解散することになりました」

シュウとケンタは、部屋に集まって配信を始めて、開口一番言った。

「わあっ、本当に解散しちゃった！」

俺は慌てふためいた。だが、生者に触ることも話しかけることもできない幽霊の身では、おろおろするばかりで何もできない。その間にシュウとケンタは「今まで三年間見てくれてありがとう」などとカメラに向かって簡単な挨拶をして、「バイバ〜イ」と手を振ってすぐ配信をやめ、画面が消えた瞬間に「じゃあな、二度と会うことはないだろうけど」「てめえの顔見なくていいと思うとせいせいするわ」と捨て台詞を吐き合って、ケンタが部屋を出て行った。コンビで三年も活動していた割には、実にあっけない別れだった。

「あちゃ〜、まさか本当に解散しちゃうとはなあ……」

シュウが淡々と撮影機材やパソコンを片付ける様子を見ながら、俺は反省した。

「でも、昨日のコメント欄にもあったけど、ユーチューバーの生配信でも、本物さながらの心霊映像を作れちまう技術はあるみたいだな。となると、他のユーチューバーに取り憑《つ》いて映り込んだところで、やっぱり偽者《にせもの》だと決めつけられるのがオチか。う〜ん、どうしよう……」

「ごめんね、私、結局何の役にも立てなくて」

千晶がまた、申し訳なさそうに謝ってきた。

「いやいや、千晶のせいじゃない。千晶のせいで可能性が広がったのは確かなんだ。感謝してるよ、ありがとうな……」

と、俺は礼を言いながら、千晶の方を見た。

すると、俺を見て微笑んでいる千晶の体が、明らかにすうっと薄くなった。これはさすがに、気のせいなんかではなかった。

「あれっ……千晶、なんか、体が薄くなってないか？」

そこで俺は、嫌な予感を覚えた。

「えっ……もしかして、千晶、まさか……」

「成仏、するんだと思う」千晶はつぶやいた。

「ええっ、ちょっと待ってくれよ！」

俺は思わず叫んだ。千晶は、悲しそうな笑みを浮かべて言った。

「未練とか恨みが、なくなったんだと思う。……あなたのおかげで」

「えっ？」

戸惑う俺を見つめて、千晶は語り出した。

「私ね、生きてた時、彼氏に毎日殴られてたの。で、ある時、打ち所が悪くて死んだの。

うちのお母さんも、毎日お父さんに殴られてたし、男ってみんなこうなんだろうって、生きてた時はあきらめてたんだけど……さすがに死んじゃってから、マジで怒りが湧いてきて、みんなを呪ってたの。男なんて全員クズだと思ってたし、幸せそうなカップルとかも、みんな不幸になればいいって思ってたの。でもそんな時……勇、あなたに出会えたの」

千晶は、まっすぐ俺を見つめて微笑んだ。

「勇といたら楽しかった。勇は、私が失敗しても殴らなかったし、ありがとうなんて言葉までかけてくれた……。勇が彼氏だったらよかった。勇と、生きて出会いたかった」

幽霊なのに、千晶は涙を一筋流した。そして、千晶の体がまた一段と薄くなった。

「おい、ちょっと待ってくれって！」

俺は思わず千晶に駆け寄った。もっとも、体に触れることはできない。幽霊同士はすり抜けてしまうのだ。

「その……俺といたら楽しいって言ってくれるんなら、成仏しないで、もう少し一緒にいてくれても、いいじゃねえか」

俺はそう言いながら、緊張していることに気付いた。そういえば俺は、生前も男女交際なんてしたことはなかったのだ。まあ、当時の学校は男女別だったし、結婚を決めてもいない男女が仲良くするなんて難しい時代だったから仕方ないのだが。

「なあ、もうちょっと一緒にいよう！」

俺は勇気を出して言った。しかし、すっかり姿が薄くなった千晶は、首を横に振った。

「そう思ったんだけど、逆らえないみたいね……。もう一度生まれ変わって、ちゃんと恋をしろっていうことなんじゃないかな。分かんないけど……」

そして千晶は、俺を見つめて言った。

「ねえ勇、一緒に成仏しない？」

「そんな……」

冗談じゃない、まだしたくない、と言ってしまうのは気の毒に思えて、言いあぐねた。

「ごめん、無理だよね。自分の意思でぱっとできるもんでもないみたいだし……。でも、もし、いつか勇も生まれ変わることがあったら……会えたらいいな」

そう言った千晶の体が、さらにいっそう薄くなった。

「おい、千晶……」

「最後に……」

千晶は、ほとんど見えないぐらいに薄くなった体で、俺に抱きついた。幽霊同士は触れ合えないのだが、体温が伝わってきた気がした。

「勇、楽しかったよ、ありがとう……」

俺が両腕で抱き返そうとしたところで、千晶はぴかっと光り、消えてしまった。

「ちくしょう、寂しいじゃねえかよ……なんだよもう……」

俺はがっくり床にひざまずいた。そんな俺の姿などまったく見えていないユーチューバーのシュウが、俺をすり抜けてトイレに行った。


しかし、幽霊たるもの、いつまでも感傷に浸っていてはいけないのだ。

目標は失ってなるものか。なんとかして、作り物だと疑われない形で心霊写真や心霊動画に写り込み、多くの人間たちに恐怖を与え、死者への畏敬の念を思い出させる。その目標は変えてはいけないのだ。

俺は次なる相棒を、昼は電車、夜は長距離トラックに乗ってあちこち探し回った。どんな乗り物でも無賃乗車できるのが幽霊の強みだ。別に徒歩だって疲れることはないのだが、幽霊は全速力で進んでも時速十キロ少々しか出ないので、乗り物に乗ることが多いのだ。

ところで、そのさなかに、なんだか妙に電車が空いてきたなあ、それとマスクをしてる乗客がやけに多いなあ、と思っていたら、どうやら人間たちの間で、コロナウイルスとかいう病気が流行り始めたようだと分かった。俺たちと違って、生きている人間は死ぬのを恐れなければいけないから大変だ。この病気のせいで、世の中全体が一気に緊迫したようだった。ただ、だからといって人間たちが死者を畏れ敬うようになったかといえば全然そんなことはなく、それどころか自分だけは死を逃れようという思いにとらわれるあまり、喘息《ぜんそく》や花粉症のせいで電車内で咳《せき》やくしゃみが出てしまった客を怒鳴りつける輩や、長距離トラックの運転手が県境を越えて往来しているという理由だけで差別するような輩など、ろくでもない人間たちを何度も目撃することになった。病気の流行で人間の浅ましさがより露骨に出るようになっただけで、むろん死者への畏敬の念など少しも思い出されることはなかった。こんな現状に、お前たちの先祖も怒っているのだというメッセージを送るためには、俺の活動をやめるわけにはいかない。改めて強く思いながら、俺は乗り物を乗り継いで、相棒となる幽霊を探し続けた。

数ヶ月に及ぶ旅の中で、片っ端から幽霊を勧誘し続け、何百人もの幽霊に断られたが、都心から離れた田舎町で、ついに新しい相棒を得た。

「……っていう寸法で、人間たちを怖がらせるんだよ。どうだ坊主、俺と組まねえか？」

「何それ、面白そう！」

風雅《ふうが》は、俺の話を聞いて笑顔でうなずいてくれた。

ずいぶんしゃれた名前の彼は、「小学校二年生で死んじゃった」と言っていた。死んだ時の状況について詳しく聞こうとしたら顔を曇らせたので、それ以上深くは聞かなかったが、服装は現代風の洋服だし、「小学校」の前に「尋常」と付かなかったので、やはり俺より年下の、最近死んだ幽霊のようだ。

また俺は、前回の反省を生かし、今回はより綿密に作戦を考えた。

結局、本物さながらの心霊映像を生放送でも作り出せてしまう技術が、現代に存在する以上、ユーチューブでどんなに映り込んだところで、全部作り物だと思われてしまうだろう。ユーチューバーというのは、何か資格が必要なわけでも、試験に合格したわけでもないようなので、「わざとふざけて心霊映像を作ったりはしない」という信用があるわけではないのだ。となると、俺たちが本物の幽霊なのだと視聴者に分からせるためには、心霊映像を意図的に作ることが絶対にない、そんなおふざけは絶対にしないという信用がある映像メディアに出るしかないのだ。

すなわち、テレビの報道番組に映り込むしかないだろう。

真面目《まじめ》な報道番組なら、さすがに心霊映像をわざと作るようなこともないし、もしそれを視聴者に疑われても真面目に否定するはずだから、「あれは本物だ」と確実に視聴者に思わせることができるはずだ。

ただ、過去に俺が経験している通り、テレビ局の照明というのは明るすぎる。スタジオの中では、幽霊が人間の目で認識できるほどに映り込むことはできないのだ。

つまり、俺たちがテレビの報道番組に出るには、夜の屋外の映像に映り込むしかない。

俺は、千晶に成仏されてしまってから数日間、民家に上がり込み、住人が見ているテレビのニュース番組を見て研究した。その結果、夜間に起こった交通事故のニュースなどで、夜の屋外の映像が使われていることが分かった。たとえば死亡事故の現場の映像で、事故車両の背景の暗闇に幽霊がばっちり映っていたら、視聴者は震撼《しんかん》するだろう。ぜひそんな映像を作り上げたいところだ。

ただし、課題もある。ニュース番組自体は生放送がほとんどだが、ニュースで使われる映像は、あらかじめ撮影してきたものを編集して使っているので、いったんテレビ局員のチェックが入ってしまうはずだ。そのチェックをくぐり抜けられるようなさりげなさで、でも視聴者の一部には気付いてもらえる程度の、ちょうどいい映り込み方を目指さなくてはいけない。この辺の加減は難しそうなので、一発で成功させるのは無理かもしれない。とはいえ、こっちは幽霊。時間はいくらでもあるのだ。何度かトライして、徐々に「この前ニュースで心霊映像見たんだけど」「えっ、私も」みたいな感じで、世間で噂になってくれればいいのだ。

それと、これまた民家に上がり込んで、住人がパソコンやスマホを見ているのを観察して分かったのだが、どうやら今は、テレビ番組の映像でも、長期間にわたってユーチューブに残り続けているらしい。たとえば、ニュース番組でちょっとした中継トラブルなどがあった映像に「放送事故」なんてタイトルが付いて、何度でも繰り返し見られるようになっているのだ。そういった動画を見られるようにする行為は「違法アップロード」というらしいのだが、ほとんど罰せられている様子はなく、ユーチューブにはそんな動画が山ほどあるようだ。

つまり、一度ニュースの映像にうまく映り込むことができれば、いつまでも残る可能性があるということだ。これは昔にはなかった、現代の利点といえるだろう。かつて俺が心霊写真に写り込むことを生きがい、もとい、化けがいにしていた時代は、俺の心霊写真が紹介されたテレビ番組や雑誌の記事が、いつまでも人の目に触れるということはなかった。雑誌は発売日から時間が経つほど読まれにくくなるし、テレビは一回放送されれば終わりだった。だがユーチューブに残ることができれば、長きにわたって人の目に触れ続けることができるだろう。そして多くの人間に、死者へのおそれを抱かせ続けることができる。これこそが俺のライフワーク、もとい、デスワークなのだ。

――というわけで、俺は大きな野望を抱きつつ、新たな相棒の風雅を連れて電車に乗り、東京のテレビ局に到着した。

「すげえ、テレビ局って初めて来た！　ありがとうお兄ちゃん」

風雅は興奮気味に言った。

「別に俺がいなくても、風雅一人だけでも簡単に入れるんだぞ。幽霊なんだから」

「でも、電車で一人でここまで来るなんて、僕できなかったもん」

風雅はそう言ってから、辺りを見回した。

「ねえねえ、芸能人いるかな？」

「どうだろうな。今はコロナウイルスとやらで、テレビ局の人の出入りも少なくなってるらしいが、まあ一人ぐらいはいるんじゃないか」

「行ってきていい？」

「おお、いくらでも行ってこい。その代わり、呼んだら戻ってきてくれよ」

「うん！」

このテレビ局の報道部に居座って、夜間に起きた事件や事故の現場の撮影に行くスタッフたちに同行し、彼らの撮った映像に映り込もうというのが今回の作戦だ。とりあえず、事件や事故が起きない間は、風雅が自由に行動していても構わない。

実際、それから数日は、夜中に報道スタッフが撮影に出かけるほどの事件や事故は起きなかった。そのため、風雅は毎日、テレビ局の中で遊び放題だった。元々が子供の上に、疲れも眠気も空腹も感じない幽霊である風雅は、何日もぶっ通しではしゃぎ回って「お笑い芸人の誰々がいた」とか「アイドルの誰々とお笑い芸人の誰々がリモートで番組をやってた」などと、うれしそうに俺に報告してきた。俺は現代のテレビ番組や芸能人のことはほぼ知らないので、「そうかそうか、よかったな」と適当にあしらっていた。俺にとってお笑い芸人なんて、エノケンやロッパで止まっている。俺が現代の芸能人でちゃんと認識しているのは、心霊番組に関わってくる稲川淳二《いながわじゅんじ》か宜保愛子《ぎぼあいこ》ぐらいだ。あれ、宜保愛子ってもう死んじゃったんだっけか……と、とにかくその程度の知識しかない。

そうして何日か経った頃、とうとう動きがあった。

都内で深夜、飲酒運転による交通事故が起こったらしい。その事故現場を撮影するため、スタッフたちが出かけることになった。

「おい風雅、行くぞ。着いた先でカメラを回している時に映り込むんだ」

「オッケー」

「ただ、後でスタッフのチェックが入るからな。そのチェックをすり抜けられるように、端っこにちょっとだけ映るんだぞ」

風雅に改めて作戦を伝えながら、俺たちはスタッフについて行き、カメラなどを積んだ大きな自動車に、彼らとともに乗り込んだ。

移動する車の中でも、風雅は好奇心旺盛に窓の外を見ていた。

「すごい、夜でも外が明るいよ」

「ああ、東京だからな。まあ、これでもコロナとやらの影響で、前よりは暗くなってるんだろうけどな」

「でも、僕んちの周りよりはずっと明るい。僕んちの周りは、夜真っ暗だったもん」

そういえば風雅は、田舎町で拾った幽霊だった。生前に東京のような都会に来たことはなかったのだろう。

「お兄ちゃん、あれは何ていう店？」

風雅が、窓の外の「ＴＳＵＴＡＹＡ」という看板を指差して尋ねてきた。

「あ、えっと……あれは、ツタヤ、って読むはずだな。何の店だろうな……」

英語が敵性語とされた時代を生きていた俺も、最低限の読み方ぐらいは知っている。ただ何の店かは分からない。幽霊は何も食べなくても、何も持たなくても平気なので、基本的には店に入る必要がない。だから現世の店についてはほぼ何も知らないのだ。

「ツタ屋っていっても、ツタだけ売ってるわけじゃないだろうな……。たしか、しゃれた洋館とか甲子園球場とかは、外壁にツタを生やしてるって聞いたことがあるから、そういう園芸用品を扱ってるのかな。庭に植える苗木とか、あと肥料とか」

「そうなんだ。じゃ、あれは？」

風雅が次に指差したのは、「SEIYU」という看板だった。

「あれは、精油か、製油か……。まあたぶん、油を売ってるんだろうな。ずいぶんでかい建物だし、油問屋の一大勢力なのかもしれないな」

「じゃあ、あれは何？」

風雅が矢継ぎ早に質問してくる。今度は「BIG ECHO」という看板だ。

「あれは、びげちょう……」

どういう意味だろう。びげちょう。漢字で書けば、鼻下長……ああ、鼻の下を長くする、という意味か。なんだか扇情的な真っ赤な看板だし、きっと色事関連の店だろう。

「あの店は……ちょっと、風雅にはまだ早いかな」

「ふ〜ん。……あ、じゃああれは？」

風雅が今度は、黄色い看板を指差す。

「ああ、あれは、松屋だな」

これは漢字だから、読むのは簡単だった。俺の生前からある高級百貨店と同じ名前なので、同族企業なのかもしれない。また、牛とか豚とかテイクアウトとか書いてある幟《のぼり》が立っていて、店内に客はいないものの、明かりが煌々《こうこう》と灯《とも》っていて店員が働いている。どうやら飲食店のようだ。

「あれは、肉料理の店だろうな。あの高級デパートと同じ名前で、あれだけ明るい照明を夜中までつけてるぐらいだから、きっと高級な肉を出して儲けてる店なんだろう」

「じゃ、あれは？」

風雅が続いて指したのは、また肉料理の店だった。

「あれは焼肉屋の、叙々苑《じょじょえん》っていうのか……。まあ、さっきの松屋と違って看板も暗いし、こっちはたぶん、貧乏人相手に安い肉を食わせてる店なんだろうな」

——と、そんな会話をしているうちに、俺たちが乗るテレビ局の車が停まった。前方を見ると、車体が大きくへこんだ車が路肩に停まっていた。

「お、現場に着いたようだな」

局の車は近くのコイン駐車場に入り、スタッフたちが慣れた手つきで撮影機材を下ろしながら、撮影の段取りを進めていく。

「じゃ、引きで撮って、そのあとブレーキ痕撮って……」

「それと、帰りに警察署だな」

そんな会話が聞こえた。ニュースで使う映像について話し合っているようだ。おそらく、撮影にそう時間はかからないだろう。

「よし、風雅、すぐ準備だ。さっきの車をこれから撮るみたいだから、車の後ろの暗闇で、そこのカメラを睨みつけて……」

と、説明しかけたところで、俺は異変に気付いた。

「……あれ、風雅？」

ついさっきまでそばにいたはずなのに、いつの間にか風雅の姿が見えなくなっている。

辺りを見回すと、風雅は事故車両とは反対方向へ、すうっと移動してしまっていた。

「おい、どこ行くんだ、風雅！」

俺は慌てて追いかけた。すると風雅は、事故現場から直線で百メートル余り離れた、マンションの手前で立ち止まった。

「どうしたんだよ急に？」

俺が追いついて尋ねると、風雅はマンションをじっと見つめたまま言った。

「泣いてる声が聞こえたんだ……」

そう言われてみるとたしかに、子供の泣き声がかすかに聞こえていた。

風雅は空中に浮き上がり、二階のベランダから窓をすり抜けて部屋の中へ入っていった。

このような空中浮遊は、幽霊になったばかりの頃は「すごい、こんなことできるんだ」と興奮して何度もやってみるものの、すぐに日常的な行動になって飽きてしまう、というのは幽霊のあるあるネタというやつだろう。俺も風雅の後を追って空中に浮き上がり、二階の部屋に入った。

　そこで、目を疑った。

　小学校に入るか入らないかぐらいの年齢の女の子が、布団の上で泣いている。

「うええん、うええ～ん」

「いつまでも泣いてんじゃねえぞガキ！」

　父親らしき男が、その女の子を蹴飛ばした。

「ねえ、お願い、やめて……」

　母親らしき女が止めに入ったが、「うるせえっ！」と男に突き飛ばされた。

　父親は酒に酔っているようだった。寝室につながる居間のテーブルの上には、ビールの空き缶が何本も並んでいる。そういえば、テレビ局の報道部に何日もいる間に、コロナウイルスとやらの影響で家庭内暴力や虐待が増えているというニュースを見たのを思い出した。ただ、この父親がその影響で暴力を振るっているのか、それとも以前からこういう男だったのかは分からない。そもそも、なぜ暴力を振るっているのかもまったく分からない。あるいは理由なんてないのかもしれない。

　いずれにせよ、理不尽な虐待であることは間違いない。

「つたく、また反省だな。来い」

父親は、娘の髪の毛をつかんで引っ張り、歩き出した。

「やだ、やだ、やだあああっ」娘が泣き叫ぶ。

「うるせえっ！」父親が娘の顔を平手で強く叩いた。

風雅は、今にも泣き出しそうな顔で、彼らの様子をじっと見つめている。

「なあ風雅、帰ろう。こんな嫌なものを見る必要はない。どうせ俺たちには何もできないんだ」

こういう奴らも、先祖の霊が自分を見ているという意識を持っていないから、こんな残酷なことができてしまうんだ。だから、現世の人間に死者へのおそれを覚えさせる、俺たちの活動は大事なんだ——なんてことまで言おうかとも思ったが、たぶん風雅には理解しきれないだろう。

風雅は、俺の言葉には耳を貸さず、父娘について行った。

父親は、娘を強引に引っ張り、風呂場に連れて行った。母親も後からついてきたが、泣いているだけで、もう文句も言わない。

父親は、すすり泣く娘に、服のままシャワーを浴びせた。湯気が立たないということは冷水だ。

「わあああっ……あああっ……」

子供の声が小さくなっていく。これはまずい――。そう思った時だった。

「やめろおおおっ！」

風雅が絶叫した。そして、拳を振り回して男に突進した。

だが、幽霊なので、当然ながらすり抜けるだけだ。

「おい風雅、無駄だ！　俺たちは生きてる人間に触れることも、声を聞かせることもできないんだ」

「ばか！　ばか！　ばかあああっ！」

風雅が、この小さな体からどうやって出しているのかと思うほどの大声で叫んだ。だが幽霊なので、その声は俺にしか聞こえない……と思いきや、風呂場の壁が小さく振動した。

風雅の強い霊力で、現世の物体に物理的な力が加わっているのだ。霊力が落ち気味の俺にはとても真似のできない芸当だ。

しかし、それでも結局、幽霊にできるのは、せいぜいこの程度のことにすぎない。

「何だ、地震か？」

父親は風呂場の上の方を見回した後、また娘に冷水をかけ始めた。

「やめろおおっ、やめろおおおっ！　ばかあああっ！」

風雅はまた絶叫する。だがその声は俺にしか聞こえない。俺はまた、風雅に声をかけた。

「なあ風雅、あきらめよう。幽霊には何もできない……」

「ぎゃああああああっ！」

風雅が絞り出すように叫ぶ。またしても風呂場の壁がびりびりと震える。

「長《なげ》えな、地震……」

父親はまた、風呂場の天井を見上げる。視線が外れたため、シャワーの水が娘の頭からそれる。しかし娘はすでにずぶ濡《ぬ》れで、しゃくり上げる泣き声も小さくなっている。

と、風雅を見て、俺は驚いた。

風雅の体が、少し薄くなっているのだ。

まさか、ここで霊力を使い果たして、霊としての寿命を終えてしまうというのか——。

そんなことがあってはいけない。

「分かった、風雅、ちょっと待ってろ！」

俺は、涙を流しながら肩で息をしている風雅に声をかけると、すぐに壁をすり抜けて、マンションの外に出た。

いちかばちか、やるしかない。

俺は全速力で空中を飛んで、交通事故現場のテレビ局のスタッフたちのもとへ急いだ。

彼らはすでに事故現場の映像を撮り終えたようで、カメラなどの機材を持って、車を停めたコイン駐車場の方へと向かっていた。

俺は、彼らが歩く方向に先回りし、体にぐっと力を込めて、その力を体の真ん中に凝縮させた。こんなことをするのはずいぶん久しぶりだ。

やがて、カメラマンが気付いて、俺の方を指差した。

「ん、何だあれ……」

「おおっ、火の玉……人魂《ひとだま》か？」他のスタッフも気付いたようだった。

そう。俺は今、人魂になっているのだ。

俺たち幽霊は、力をぐっと凝縮すると、火の玉のような形の、いわゆる人魂になることができる。これだと人間の目でも、暗闇ならはっきり見えるのだ。ただ、今の若い世代には「人魂＝幽霊」という認識がない人間も多いし、心霊写真としても正直インパクトが弱いので、長らくこの形態にはなっていなかったのだ。

しかし、今回ばかりは別だ。俺はふらふらと空中を動いて、テレビ局のスタッフたちを誘った。

「ちょっと、あれ……すげえ、撮ろうぜ」

「いや、でも、そういう撮影でもないし……」

「何言ってんだよ、あんなの二度と見れないぞ」

「そうだよ、ニュースのV《ブイ》とは別で撮ればいいんだから。よし、撮ろう」

スタッフたちはそんな会話を交わしながら、もくろみ通り、俺をカメラで撮り始めた。

俺は移動を開始する。

「あ、あっちに行くぞ」

スタッフたちが俺について来る。一直線にマンションに行きたいところだが、人間が歩く道路に沿って案内してやらないといけない。見失われては困るのだ。

目的地のマンションに着いたところで、ちょうど男の怒声が聞こえた。

「そこで寝てろ!」

さっき入った二階の部屋の、ベランダの窓が閉まった。そこでは、水を浴びせられていた娘が、びしょ濡れの寝間着を着たまま閉め出されて、小刻みに震えていた。もう声を出す気力もないのか、ベランダの柵にもたれかかっている。

しかし、俺には見える。

風雅が、女の子を必死にさすっている。もちろん幽霊がそんなことをしても何の効果もないのだが、彼なりにどうにか助けようとしているのだろう。

と、風雅が顔を上げて、俺を見つけた。

「お兄ちゃん……どこ行ってたんだよお」

風雅は泣き顔で訴えた。霊気を感じたからか、人魂になった俺のことも、ちゃんと俺だと認識してくれたようだ。

「テレビのスタッフを連れてきたんだ」俺は答えた。

「なんで？　それよりこの子を助けないと……」

「助けるために連れてきたんだ」

俺はそう言って、二階のベランダの周りを旋回した。

ほどなく、下の道路から声が聞こえた。

「あ、人魂、あそこだ」

スタッフたちが、俺に気付いてくれたようだった。

「人んちだから、あんまりカメラ回すわけにはいかない……あれ？」

「おい、誰かいるぞ。柵の間から手が出てる」

「子供か？　子供だよな」

「え……死体？」

「まさか、あの人魂、あの子の幽霊……」

そこで、スタッフの一人が、二階のベランダに向けて撮影用のライトを照らした。

「いや、生きてる。震えてるぞ」

「小さい女の子だ！」

よし、もういいだろう――。俺は自らの人魂状態を解除した。そして風雅に声をかけた。

「風雅、たぶんこれでもう大丈夫だ」

風雅も、状況を察したようだった。少し表情をやわらげて、ベランダから道路上のスタッフたちを見下ろした。

彼らは、ベランダの柵の隙間から見える女の子を照らしながら、言葉を交わしている。

「手から、水が滴《したた》ってる」

「こんな季節に……ていうか、真夏でもあれはおかしいか」

「もしかして、虐待……」

「警察だ。警察呼ぼう」

スタッフの一人が電話をかけた。「もしもし、このスマホのＧＰＳの場所分かります？ここのマンションの二階の部屋で……」などと説明している。

「こうなったら撮ってやろう。カメラが偶然とらえた幼児虐待の現場だ」

「大丈夫っすかね、勝手にそんなことして……」

「じゃ、今ここで逃げるか？　目の前に虐待されてた子供がいたのに、しっぽ巻いて逃げたテレビ局のスタッフってことになるぞ。もしばれたら全員左遷だよ」

「あっ、そうか」

と、そんな会話が交わされている中、部屋の窓が開いた。

さっきまで虐待していた父親が、下からライトで照らされていることに気付いたらしく、

「何だてめえら！」

道路を見下ろして怒鳴り声を上げた。

「今カメラ回してます。ベランダの子はあなたの子ですか？　だったら虐待ですよね？」

テレビ局のスタッフは、ひるむことなく言い返した。

「うるせえこの野郎！」

男は、下の道路に向かって、ベランダに置いてあった植木鉢を投げた。路面でガシャンと音を立てて割れる。

「いてっ！」

破片が飛んだらしく、スタッフの一人が顔をしかめた。

「手え切った！」

「ちょっと、これ暴力です！　傷害罪ですよ！」

「もう警察呼びましたからね！」

スタッフが叫ぶ。男は「何だとこの野郎……」と顔色を変え、部屋の中に引っ込んだ。

「あ、やべえ、下りてくる」

「どうしよう」

スタッフたちがにわかに慌てる。だがそこに、自転車に乗った制服警察官二人が「通報した方ですか？」と近付いてきた。近くの交番から駆けつけたのだろう。

「あそこのベランダに、子供が出されてて」

「体がびしょ濡れで、虐待だと思うんです」

「私たちは、近くでさっきまで事故現場を撮ってたテレビ局の者なんですけど……」

「あ、下りてきました！　あいつがたぶん、虐待してる父親です」

「やべっ……」

「おい、逃げるな！」

「待てっ！」

――地上で繰り広げられる光景を見下ろしながら、俺は風雅に声をかけた。

「よし、これでもう一件落着だろう」

幽霊の利点は、警察の捜査も、病院での処置の様子も、全部かぶりつきの最前列で見られることだ。俺と風雅は、その後の一部始終を見守った。

あの父親は傷害容疑で逮捕された。一方、娘はすぐ救急車で病院に運ばれた。低体温症になってはいたが、命に別状はなかった。そして、警察と児童相談所が連携して、母と娘の保護を徹底するという方針が共有された。「連携不足が原因で起きてしまった悲惨な事件のようなことには、絶対にならないようにしましょう」というような言葉が、警察官と児童相談所の職員の、双方から出ていた。

病室で眠る娘の手を握り、ベッドの脇に付き添う母親。その様子を見ながら、俺は傍らの風雅に言った。

「これでもう安心していいだろう。あの子は、暴力を振るう父親と、二度と一緒に住むことはないはずだ」

「大丈夫だよね？　もう、大丈夫なんだよね」

風雅は念を押すように、俺を見上げた。――もちろん課題はあるだろう。この先、父親が釈放されるようなことがあったらきちんと対応できるのか、そもそもあの暴力夫と一緒に暮らしていた母親は、ちゃんと娘を育てられるのか。心配事がなくなったとは言いがたい。とはいえ、児童相談所の職員からも、警察官からも、責任感は感じ取れた。

「きっと大丈夫だ。ここからはプロに任せるしかないだろう。少なくとも、俺たち幽霊の出る幕はもうない」

俺が言うと、風雅はほっとしたようにうなずいた。

「よかった……」

そして風雅が、ぽつりと言った。

「あの子は、僕みたいな死に方を、しなくていいんだ」

「えっ……？」

俺が聞き返すと、風雅は俺を見上げて、寂しそうに微笑んで言った。

「僕、お父さんに殺されたんだ」

「……そうだったのか」

驚く俺に、風雅は寂しげな笑みを浮かべたまま語った。

「ちょっとうるさくしたら殴られて、おねしょしても殴られて、お父さんの機嫌がいい時に笑ってしゃべらないと殴られて、でも調子に乗ってしゃべりすぎても殴られて……最後は階段の上で殴られて、踏ん張りきれなくて階段から落ちて、死んじゃったんだ」

「それは、つらかったな……」

幽霊同士だから触れられないことは分かっていたが、俺は風雅の頭をそっと撫《な》でた。

「俺も、十七で空襲で死んで、ふざけるなって思ったけど、風雅は俺の半分も生きられなかったんだもんな……」

「僕は死んじゃった。でも、僕が死んでたから、あの子を助けられた。だから僕、今はうれしいんだ……」

そう言ったところで、風雅の体が、すっと薄くなった。

あっ、やばい！　この流れはまずいぞ！　俺はすぐに察した。

「ちょっ、ちょっと待て風雅。まさか……」

すると風雅は、俺を見上げて言った。

「今、声が聞こえた。僕、ジョウブツするみたい」

「ああ、やっぱり！」

俺は慌ててしゃがんで、風雅に顔を近付け、肩を抱くようにして訴えた。

「なあ風雅、成仏なんてまだしなくていいだろ。それより、もう少しここに残らないか。俺と一緒にニュースに映って、人間たちを驚かせて、死者への畏敬の念を抱かせて……」

「難しくて分かんない」風雅は首を振った。

「ああ、そうか……」俺は頭を抱えた。

「お兄ちゃん、ありがとう。テレビ局の中で僕が遊び回っても、車の中で僕がずっと話しかけても、お兄ちゃんは僕をぶたなかった。うれしかった。お兄ちゃんがお父さんだったらよかった……」

風雅は、この前成仏してしまった千晶と同じようなことを言った。——なんということだ。戦争も起きていない今のこの国で、理不尽な暴力で殺されている人間が、まだこんなにいるのだ。

「風雅、そんな……ぶたないなんて当たり前なんだよ」俺は泣きそうになりながら返した。「というか、幽霊同士で殴るなんてできないんだぞ。すり抜けちゃうんだから。これからも俺は、絶対に風雅を殴らない。だから、もうちょっと一緒に……」

「無理みたい」

笑顔のまま言った風雅の体が、また一段と薄くなった。

「おい、風雅……」

「じゃあお兄ちゃん、僕が生まれ変わったら、僕のお父さんになってよ」

「そりゃ無理だろ。もし今から二人で生まれ変わったら、同い年になるんだろうから」

「じゃあ、友達になろう……。生まれ変わったら、学校の同じクラスで……」

風雅の体が、もうほとんど見えないぐらいに薄くなっている。

「おい、待て、待てったら風雅！」

「待ってるね……バイバイ……」

まばゆい光とともに、風雅は完全に消えてしまった。

「風雅あっ！」

俺は、ついさっきまで風雅がいた空間を抱きしめた。しかし、もうそこには何もない。

「ちくしょう、またかよ……」

隆男も千晶も風雅も、俺を残して成仏しやがって——。俺は失意のうちに、病院の壁をすり抜け、道路に下りてふらふらとさまよった。また新たな相棒を探さなくてはいけない。でもその相棒も、また俺を残して成仏してしまうのかもしれない。あと何回、こんな喪失感を繰り返せばいいのか。

俺は立ち止まり、ため息をついて、思わず両手で顔を覆った。

手で顔を覆っているのに、アスファルトが、なんだかよく見える。

——あれ？

気付いてしまった。俺の手も、薄くなっていることに。

そんな、まさか……。

「そのまさかだ。柳田勇よ、もう潮時だ」

突然、どこからか声が聞こえた。

「誰だ……どこにいる！」

俺は周りを見回して叫んだが、その声は俺をあざ笑うように言った。

「私はお前に見える存在ではない。人間でも幽霊でもないのだ」

「なんだそれ、何者だ？」

「まあ、成仏を担当する係員、といったところだ」

声は少し間を空けた後、俺を諭《さと》すように言った。

「柳田勇。ずいぶん長いこと粘ったが、もうお前も成仏する時だ」

「冗談じゃない！　俺はまだまだ成仏なんてしないぞ！」

謎の声に向かって、俺は声を張り上げた。

「今の人間たちに、死者を畏れ敬う心を植え付けるまで、成仏なんてするもんか！　だいたい今の人間は、死の重みを分かってない奴が多すぎるんだ！　戦争のない世の中で、なんで千晶や風雅みたいな死に方をする人間が出てくるんだ。昔はみんな生きたくて生きたくて、それでも空から爆弾が落ちてきて死んじまったんだよ！　なのに今の奴らは何だよ？　愛してるはずの恋人や我が子に暴力を振るって殺すなんて！　結局そんなことする奴らには、先祖の霊に見られてるっていう意識が欠けてるんだよ。だから俺が、こういう活動をして……」

「そんなことをしても無駄だって、本当はもう分かってるんじゃないのか？」

その声が、俺の言葉を遮った。

「心霊映像で人間たちを怯えさせ、それによって死者への畏敬の念を抱かせる——。そんなことをこの時代にやっても効果はないって、本当はもう気付いてるんじゃないか？」

「馬鹿な、そんなことはない！」

俺は必死に言い返した。しかしその声は、淡々とした口調で続けた。

「そんな方法で人間たちを変えることなんてできない。だったらいつまでも幽霊をやっていてもしょうがない。それよりも、輪廻転生《りんねてんしょう》の定めに任せ、成仏してもう一度生まれ変わった方が、もっと有意義なことができる。そう自分でも思い始めてるんじゃないか？」

俺は言葉に詰まった。そんな俺を見透かしたように、その声は言った。

「ほら、その証拠に、お前の体はみるみる消えていってるじゃないか」

「そんな……そんなことは少しも思ってない！　俺は成仏なんて嫌だ！」

「本気で成仏を嫌がってる霊は、そうはならないんだよ。存在が消えかけてる時点で、お前はもう、輪廻転生を心の底で望んでるんだよ」

その声とともに、俺の体がますます薄くなった。

「おい、やめろ、やめてくれ！」

「今から生まれ変われば、きっと隆男や千晶や風雅とも、どこかで巡り会えるはずだ。もちろん、お互いに覚えてはいないが、運命で引かれ合うに違いない」

「やめろってば！　やめろおっ！　嫌だ！　生まれ変わるなんて嫌だああっ！」

体がすっかり消えた。視界も真っ暗になった。そんな中で、俺は力の限り叫んだ。

「生まれ変わるなんて嫌だああっ！　絶対嫌だああっ！　嫌だああっ！　やだああっ！　やだあああっ！　ぎゃあああっ！　うぎゃあああっ！　うんぎゃああああっ！　おんぎゃあああっ！　おんぎゃあああっ！　おんぎゃあああっ！　おんぎゃあああっ！」

「はい、元気な男の子ですよ〜」

そんな声が聞こえた瞬間、すべての記憶が消えた。さっきまで何かを嫌がっていたような気もしたが、全力で泣き叫んでいるうちに、なにやら新鮮な希望で心の中が満たされていった。

ショートショート　未来の芸能界

【2030年】

「間もなく、人気お笑いコンビ、ベサメムーチョの芝原将也《しばはらまさや》さんの謝罪会見が始まります。自らの不祥事について、どのような説明をするのでしょうか……あっ、今出てきました」

芸人の芝原将也が、沈痛な面持《おもも》ちで記者会見場に現れる。報道陣のカメラのフラッシュが嵐のように浴びせられる。芝原は深く一礼した後、自らの不祥事について説明する。

「ええ、このたび僕は、後輩芸人と飲みに行った居酒屋で……」

少し言葉を切った後、芝原は意を決したように語り出す。

「未成年の男女が、隣のテーブルで飲酒していたにもかかわらず、そのまま飲み続けてしまいました。誠に申し訳ありませんでした」

改めて一礼した芝原に、またフラッシュが浴びせられる。

「僕らが飲み始めて一時間ぐらいで、高校生の四人組が隣のテーブルに来て、飲酒を始めました。僕らはそれを咎《とが》めることもなく、飲み続けてしまいました。まあ、彼らは制服を着てたわけではないんで、見た目だけでは高校生だと分からなかったんですけど……」

芝原がそう言いかけたところで、集まった記者から質問が投げかけられる。

「でも、週刊春秋の記事によると、その高校生たちは飲酒をしながら、『模試の点数が悪かった』とか『この前の修学旅行で誰が誰に告白した』とか、高校生ならではの話を大声でしていたそうですね？　それが聞こえた時点で、隣のテーブルで飲んでいるのが高校生だって分かったはずですよね！」

「ああ、はい……」芝原は小さくうなずいた後、おずおずと言う。「ただ、こっちはこっちで、後輩と仕事の話とかをしてたんで、あんまり聞こえなかったというか……」

「あんまり、ということは、全然聞こえなかったわけではないんですね！」

「隣の席で未成年が飲酒してることに、薄々気付いてはいたけど黙認したんですね！」

記者たちからの立て続けの怒号に、芝原は肩をびくっと震わせて頭を下げる。

「ええ、ああ……はい、申し訳ありませんでした」

そして芝原は、観念したように、うつむいて涙ぐみながら声を絞り出す。

「とにかく、飲酒している未成年の、隣の席にいたという責任を取りまして、当分の間、芸能活動を自粛させていただきます。本当に申し訳ありませんでした」

【２０４０年】

「間もなく、若者に人気のロックバンド、ジャックポットのギター担当の、カイトさんの謝罪会見が開かれます。報道されている不祥事について、どのような説明をするのでしょうか。……あ、今出てきました」

若手ギタリストのカイトが、憔悴《しょうすい》した表情で会見場に現れる。カメラのフラッシュが一斉に焚かれる。元々ピンク色だったカイトの髪は、今は黒く染め直されている。

「ええ、このたび僕は、若者なのに電車の優先席に座るという、取り返しのつかない悪事を働いてしまいました。深くお詫《わ》びいたします。大変申し訳ございませんでした」

カイトがそう言って頭を下げると、さらに多くのフラッシュが焚かれた。

「僕はあの日、テレビの歌番組の収録を終えて、電車で家に帰りました。ギターを担いで電車移動するのは疲れるんですけど、僕はまだタクシーチケットをもらえなくて……」

「それは言い訳ですか？」

報道陣から怒号が飛んだ。カイトはびくっと震えて謝る。

「あ、いや、すみません、そういうことじゃなくて……」

「仕事の行き帰りでタクシーを使える人なんて、一般社会ではかなり限られてますよ！」

「芸能人は特別扱いされて当然だと思ってるんですか！」

さらにたたみかけられ、カイトは涙目で釈明する。

「す、すみません、そういう意味じゃなくて……。えっと、話を戻しますと、あの日僕は地下鉄に乗って、車内は半分ぐらい空席だったんで、まあどこに座ってもいいかと思って、優先席だっていう意識もなかったんですけど、あの席に座ったまま寝てしまって……」

「電車の車両の端っこは優先席だって、考えなくても分かりますよね？」

「まして寝てしまったら、その間に電車が混《こ》んで、優先席に座るべきお客さんが座れなくなる可能性だって十分ありますよね？　そんなことも分からなかったんですか！」

報道陣からどんどん追い詰められ、カイトはとうとう号泣しながら頭を下げる。

「すいません、ごめんなさい。あの、とにかく、こんな最低な行動をしてしまったことを深く反省しまして、当分の間、音楽活動を休止させていただきます――」

そんな会見の映像を見終わったワイドショーのスタジオで、司会のアナウンサーが、コメンテーターの中年女性タレント、伊藤知那子《いとうちなこ》に話を振る。

「さあ、ジャックポットのカイトさんの謝罪会見ですが、どうでしたか伊藤さん」

「そうですね、ジャックポットは好きなバンドだったんで残念ですけど、謹慎は当然だと思います」伊藤ははっきり答える。「今はテレビ局もお金がなくなって、若手のみなさんにはタクシーチケットが全然出なくなってるみたいで、それは気の毒だとは思いますけど、自費でタクシーに乗ることもできたわけですし、まして電車に乗って、若者なのに優先席に座るなんて言語道断だと思います……」

と、そこまで語ったところで、伊藤ははっと気付いた様子で、慌てて付け足した。

「あ、若者っていっても、妊娠中だったり、障がいがあるような方の場合は、優先席を使っていいんですけどね。ただ、今のカイトさんは、そうじゃなかったので」

「なるほど、分かりました」司会者がさっと話を切り上げて、別のコメンテーターに話を振る。「舘村《たてむら》さんはどうですか？」

すると、ベテラン俳優の舘村圭介《けいすけ》が話し出す。

「う〜ん、さすがにねえ、最近の芸能人は謝りすぎだと思いますけどねえ」

舘村は、スタジオの空気が一気に緊迫したことにも気付かず、悠長に語る。

「私が子供の頃なんて、勝新《かつしん》さんが大麻をパンツに入れてるのがばれて、空港で逮捕された後、『今度からパンツを穿《は》かないようにする』なんて記者会見で言って、爆笑をとったこともあったんですよ。あの時代の芸能界の方が、よっぽど楽しかったですよ」

「い、あ、ちょっ、ちょっと、それぐらいにしていただいて……」

司会者のアナウンサーが大慌てで話を遮り、目を泳がせながらカメラに向かって言う。

「あ、あの……いったんＣＭです」

いつもより長めにCMが流れたのち、再び映ったワイドショーのスタジオに、舘村の姿はない。司会者が神妙な顔つきで、カメラに向かって頭を下げる。

「ええ、先ほど、コメンテーターの舘村圭介さんから、犯罪行為を正当化するような、非常に不適切な発言がありました。舘村さんは先週からレギュラーコメンテーターになったばかりでしたが、CM中に降板を決定させていただきました。視聴者の皆様に不快な思いをさせてしまい、大変申し訳ございませんでした」

翌日、所属事務所から、舘村圭介の無期限謹慎が発表された。


【2050年】


「間もなく、女優の市宮璃愛奈《いちみやりあな》さんの謝罪会見が行われます。報道されている不祥事についてどのような釈明をするのでしょうか。……あ、今出てきました」

人気女優の市宮璃愛奈が、すでに目を真っ赤にしながら会見場に現れる。報道陣のカメラのフラッシュが一斉に焚かれる。深く一礼したのち、市宮璃愛奈は涙声で語る。

「ええ、このたび私は、スーパーの試食コーナーにおきまして、試食したのに商品を買わないという、反社会的行為をしてしまいました。大変申し訳ありませんでした」

涙をこぼしながら頭を下げた市宮璃愛奈に、また怒濤《どとう》のフラッシュが浴びせられる。

「私はあの時、ハムを探しておりまして、一品だけならまだしも、三品も試食したのに買わないという、非常に悪質な行為を……」

「一品や二品なら、試食しただけで買わなくてもよかったとおっしゃるんですか？」

報道陣から怒号が飛ぶ。市宮璃愛奈が慌てて答える。

「あ、いえ、そういうわけでは……」

「セレブ芸能人が、試食販売員さんの売り上げに貢献しようともせず、販売員さんの作ったものをタダで食べて帰るというのは、たとえ一品でも反社会的行為ですよね？」

「本当に反省してるんですか！」

「申し訳ございませんっ」市宮璃愛奈は号泣しながら謝った。「たとえ一品でも、試食して買わないなんて許されることではありません。なのに私は、三品も試食したのに、結局その店でハムを買わず、別のスーパーでもっと安いハムを買ってしまいました。この不祥事の責任を取りまして、当分の間、芸能活動を謹慎させていただきます――」

「さあ、市宮璃愛奈さんの謝罪会見を見ていただきましたけど、芸能リポーターの山本《やまもと》さんに解説していただきましょう」

ワイドショーのスタジオで、司会者に話を振られた芸能リポーターの山本が語り出す。

「はい、今回ですね、女優の市宮璃愛奈さんがスーパーで試食をしたにもかかわらず、そのハムを買わなかったということで謹慎を発表しましたが、まあみなさんもご存じの通り、最近の芸能界は謹慎のハードルがどんどん下がってるんですね。その昔、二十世紀には、犯罪でも起こさない限り芸能人は謹慎なんてしなかったそうですが、二十一世紀に入ってから徐々に、不倫や生放送中の問題発言のような不祥事でも、発覚した芸能人が謹慎するというケースが増えてきました。そして近年、芸能人なら誰もが一度は、何かしらの不祥事で謝罪会見をして謹慎するのが当たり前になってきましたね。そういった中で、今回の市宮さんの、試食した商品を買わなかったという一件は、他と比べても悪質性はそれほど高くなく、割とちょうどいい不祥事……あっ、いや、あれですね。その、ちょうどいいという表現は、ちょっと語弊があるかもしれませんが」

流暢《りゅうちょう》に喋っていた山本が、明らかに焦った表情で、目を白黒させながら釈明する。

「すいません、つい口が滑って……あの、ちょうどいいという表現は、試食販売に関わるすべての方に対して、た、大変失礼になってしまって、あ、や、あわ、あわわわ……」

山本がみるみる涙目になり、ぷるぷる震え出す。すぐに司会者が「いったんＣＭです」と言って、番組は普段より長めのＣＭに入る。

ＣＭが明けると、山本はもうスタジオにいない。司会者がカメラ目線で神妙に語る。

「先ほど、当番組の芸能リポーターの山本氏から、試食コーナーで試食をしたのに商品を買わなかったという反社会的行為について、ちょうどいい不祥事という、非常に不適切なコメントがありました。山本氏はCM中に自ら、番組の降板とテレビニッポンとの契約解除を申し出まして、当番組プロデューサーがそれを了承しました。今後このようなことが起きませんよう、再発防止に努めてまいります。誠に申し訳ありませんでした」

【2060年】

「間もなく、俳優の吉見賞人《よしみしょうまん》さんの謝罪会見が始まります。自らの疑惑についてどのような説明をするのか注目です。……あっ、今、吉見さんが出てきました」

沈痛な面持ちで会見場に現れた、中堅俳優の吉見賞人が、カメラに向かって一礼する。フラッシュが一斉に焚かれる。

「ええ、このたびは、私の謝罪会見にお集まりいただき、誠にありがとうございます」

そう前置きして、目に涙をにじませながら、吉見賞人は語り出した。

「ええ、私、吉見賞人は、これまでの約二十年間の芸能生活において、薬物使用、不倫、暴力事件、未成年との飲酒、淫行、電車内での優先席占有……」

いったん言葉を切ってから、吉見賞人は続きを語る。

「そういった法律違反、公共マナー違反、反社会的行為などを何一つ犯すことがないまま、今日まで俳優を続けてきてしまいました。大変申し訳ありませんでした」

深々と頭を下げた吉見賞人に、フラッシュがまた一斉に浴びせられる。それを見た国民の皆様が、その芸能人の方々が、不祥事を起こし、謝罪会見を開いて謹慎し、それを見た国民の皆様が、その芸能人を袋叩きにして憂さ晴らしするという、一連のサイクルが完成している中で、私は今日まで何一つ不祥事を起こさず、皆様への憂さ晴らしの機会の提供を怠《おこた》ってきました。芸能人として断じて許されないことだったと、深く反省しております」

「本当に反省してるんですか！」

「芸能人としての自覚があるんですか！」

記者たちの怒号が、猛烈なフラッシュとともに浴びせられる。吉見賞人は涙を流し、鼻をすすり、二枚目の顔をくしゃくしゃに歪めながら、声を裏返して答えた。

「つきましては、今まで何一つ不祥事を起こさなかったという不祥事の責任を取りまして、芸能活動を謹慎させていただきます。本当に申し訳ございませんでしたっ！」

その映像が流れるワイドショーのスタジオで、司会者のベテランアナウンサーが、マイクに入らないほどの小声でつぶやいた。

「とうとう、ここまできたか……」

比例区は「悪魔」と書くのだ、人間ども

「日本はこのままじゃ駄目なんだよ、絶対」

橋爪光博《はしづめみつひろ》は嘆いていた。

「コロナ禍が一応収まったのはいいけど、そのさなかに改めて確認された、社会に必要不可欠なエッセンシャルワーカーの待遇改善に、政治はまともに取り組もうとしてない。介護士に保育士、それにトラック運転手や自動車整備士といった人々の給料が理不尽に安い現状は、一刻も早く是正しなきゃいけないはずだ。頻繁に起きてる介護殺人だって、介護士に真っ当な給料が払われて、必要な介護士の数が満たされて、家族にばかり介護負担が押しつけられてなければ、起きずに済むはずなんだ。そもそもこうなっちゃったのは、大赤字の財政を何十年も続けて、赤字国債を未来に押しつけてきたからだ。すでに国債の利払いに予算をごっそり持って行かれてるせいで、人の命に関わる予算まで削らなきゃいけなくなってる。こんな状況が当たり前になってるなんて、もはやこの国は異常なんだよ。このままじゃ、国民全体の生活がどんどん悪化していくばかりなんだよ」

若者の政治離れが叫ばれる中でも、政治を語る若者が絶滅したわけではない。慶稲田《けせだ》大学の政治経済学部を卒業したのち、民間シンクタンクの研究員となった橋爪は、放っておけば何時間でも政治や社会について熱く語る男だった。

この日、橋爪たちは、地方のテーマパークでダブルデートをした帰りだった。橋爪の恋人は荻野智里《おぎのちさと》、もう一組のカップルは窪木真美《くぼきまみ》と沢本健哉《さわもとけんや》。大学で同じゼミだった四人は、高速道路のサービスエリアのカフェで休憩をとっていた。在学中から橋爪の議論好きは有名だったので、他の三人はあいづちを打つ程度で、ほとんど橋爪に勝手に喋らせているような状態だった。

「政治家が悪いとか官僚が悪いとか、たしかにその通りだよ。でも、はっきり言って国民みんなが悪いんだよ。保育士さんや介護士さんの給料って安いんだよね、かわいそう、でもその人たちの給料を上げるために消費税が上がるのは絶対嫌だよね……なんてわがままは通らないんだよ」

「まあ、たしかにね」荻野智里があいづちを打つ。

「ただ、やっぱり大部分の国民にとっては、税金が上がるっていうのはきついだろ」沢本健哉が言った。「格差が目に見えて広がってる社会で、自分たちより先に大企業や富裕層に負担を課すべきだって多くの人が思うのは、仕方ないんじゃないか？」

「もちろんその通りだ。所得税も金融所得税も、大金持ちにかかる最高税率をぐんと上げるべきだ。でも、大企業や大金持ちだけに負担させても、今の日本の財政を立て直すには絶対に足りない。それは俺たちも、大学時代にゼミで試算したろ？　となるとやっぱり、日本は高福祉高負担の国にシフトするしかないんだよ」橋爪光博は熱く語った。「少子高齢化が進み続けて打開策もまるでない現状を直視せずに、闇雲に経済成長を続けるとか、赤字国債を垂れ流し続けてる現状を直視せずに、消費税を下げて福祉は充実させるとか、与党も野党も言ってることがめちゃくちゃだ。どうして、世界中のどこにも成功例がないような国作りをしようとしてるんだ。高福祉高負担にはちゃんと成功例があるんだ。北欧が真っ先に例として挙げられるけど、他にも『日本よりは高福祉高負担』っていう国なら、ヨーロッパを中心にいくつも挙げられる。どう考えても、ちゃんとしたお手本がある王道の成功例を目指すべきだろ。少なくとも、王道の成功例を目指す政党が一つもないっていう現状はおかしいだろ」

「まあ、たしかに、増税を明言する政党は一つもないよね」

窪木真美がうなずいた。橋爪光博はなおも興奮気味に語る。

「増税を明言できないのは、当然そんなことをすれば選挙に勝てないからだろう。でも、政治家が目先の選挙に勝つことだけを考えてきた結果、出来上がったのがこのお先真っ暗の状況だろ？　国政選挙の投票率がせいぜい五割ちょっとっていう現状は、与党にも野党にも期待できないってあきらめてる有権者の多さを物語ってるんだろう。ただ、そもそも棄権が多すぎる国民の側にだって、おおいに問題があるんだよ。政治に関心がないっていうのは、現実を直視してないってことだ。未来に対する責任を放棄してるってことだ。そんな大人じゃダメなんだよ。はっきり言って、この国の大人たちはみんなダメなんだよ。でも政治家はみんな票が欲しいから、ダメな国民を叱れないんだよ」

橋爪は、眉間《みけん》に皺を寄せ、遠くを見つめながら言った。

「今のこの国には、国民全員をガツンと叱れるような政治家が現れなきゃいけないと思うんだよ。従来の政治家みたいな『私に清《きよ》き一票をお願いします』なんてスタンスじゃなくて、『俺様を当選させないとお前らはダメになっていく一方だぞ！』ぐらいのことを言い放つ、そんな政治家を出現させられないものかな」

「いや～、そんなのはさすがに無理だろ」

沢本健哉が苦笑した。しかし橋爪光博は、じっと考え込んでいた。

「どうしても無理かな。何か方法はないものかな……」

＊

それから数年後。

「それでは、悪魔党党首、サタン橋爪さんの政見放送です」

事務的なアナウンスの後、テレビの画面が切り替わった。

「ふはははは！」

高々と逆立った髪型と、真っ白な肌に紫の隈取《くまど》り風ラインが入ったインパクト絶大な顔、そしてどこかチープさの漂う大仰な悪魔の衣装は、ＮＨＫの政見放送の殺風景なスタジオの中で浮きまくっていた。

「西暦二〇九九年七月、この世界に悪魔が復活する！」

サタン橋爪は、カメラを睨みつけ、片頬をつり上げながら言った。

「一九九九年に恐怖の大王が降臨するという、ノストラダムスの大予言を覚えている者もいるだろう。実はあれは、百年ずれていただけで真実だったのだ。今世紀末、この世界は悪魔によって支配される。ちょうど日本の地下深くに悪魔の肉体と魂が眠っているため、我らの同胞の悪魔たちは、まずは日本の人間どもをむさぼり食って復活することになるのだ。貴様ら日本人は今世紀末、真っ先に我々悪魔の食料になるのだ。残念だったな、ふはははは！」

高笑いをしたサタン橋爪が、ふいに声のトーンを落とす。

「しかしどうだ。この日本の人間どもが、果たして今世紀末まで、悪魔の食料にふさわしい、新鮮で生きのいい状態でいられるだろうか？　高齢化が進み、どんどん子供が減り、活力が失われ、今世紀末にはすっかり没落しているようでは、我々悪魔が困るのだ」

カメラに向かって眉根を寄せて語りかけた後、再び声を張り上げる。

「そこで我々悪魔党は、この日本の人間どもが今世紀末まで活力と人口を維持できるように、次のような提言をする！　今まで愚策を重ねてきた人間ども、心して聞くがよい！」

カメラに向けて指を差し、サタン橋爪が語りかける。

「まず、保育士や介護士、トラック運転手や自動車整備士など、現在不当に安く抑えられているエッセンシャルワーカーの給与を大幅に引き上げる代わりに、その財源として税金も徹底的に上げる。増税は痛いとか苦しいとか、そんな泣き言に耳を貸すつもりはない。なぜなら我々は悪魔だからな。ふははははは！」他の政治家には絶対に言えないことを、サタン橋爪は簡単に言ってのけた。「いいか、今増税することによって貴様らが感じる痛みや苦しみというのは、貴様らが今まで増税を避け続けてきたことによって、低賃金のエッセンシャルワーカー、そして将来世代にまとめて押しつけてきたものだったのだ。その無責任さを少しは恥じるのだ、この愚民どもが！」

爪の尖《とが》った指を突き立てた後、サタン橋爪はカメラに向かって一気に語る。

「金持ちから税を取れと庶民どもは言うだろう。たしかにその通りだ。もちろん我々は、所得税の最高税率をぐんと上げ、最高税率が不当に低く設定されている金融所得税は所得税と一本化することで、株で儲ける大金持ちの優遇をやめ、法人税も上げ、富裕税も設け、だから財政赤字を解消できると思ったら大間違いだ。それだけでは全然足りないのだ！　すでにさんざん放漫財政を続けてきたせいで、消費税も上げなければ財政は立ちゆかないのだ。毎年一、二パーセントずつ上げるしかないのだ！　今までに積み上げてしまった巨額の借金があるのだから、将来的には二十パーセントを超えるような消費税率を課せられても、貴様らに文句を言う資格などないのだぞ！　それを自覚しろ、この愚か者どもめ！」

カメラを睨みつけた後、少し声のトーンを落ち着かせる。

「我々は悪魔として、この国の人間どもを客観的に見ることができる。その立場から貴様らに伝えよう。この国はもはや、北欧式の高福祉高負担国家を目指すしかないのだ。福祉や社会保障を整えて維持し、さらに子育てや教育にかかる自己負担を極力ゼロに近付ける代わりに、税金もしっかり上げなければならないのだ。選挙期間中でも、増税するしかないのだと国民に対してはっきり表明する政治家が必要なのだ。ところがどうだ？　我々のような真っ当な財政再建策を語る政党が、今まで一つもなかったのだぞ。そのことの方が間違いだったと思わないか？　私に言わせれば、従来の政治家どもの方が、我々悪魔よりよっぽど悪質だ。そして、そんな政治家どもを低い投票率で信任し、将来世代がどんなに苦しもうが我関せずの態度を貫いてきた貴様ら愚民どもの方が、よっぽど悪辣《あくらつ》だぞ！」

低い声でカメラを指差し、サタン橋爪はたたみかける。

「増税がつらいか？　じゃ、果たして北欧の人間どもが苦しんでいるか？　税金を払った分、ちゃんと行政サービスで返ってくる実感があるから、日々の生活の苦しみは日本よりはるかに軽いのだ。今世紀末の日本のことを真面目に考えるなら、我々に投票するしかないのだ！　投票しない奴らは悪魔以上に悪なのだ！　いいか、比例区は『悪魔』と書くのだ、人間ども！」

高らかに語りかけた後、付け加える。

「ああ、といっても、悪魔という漢字は難しいから、投票用紙に書く時はひらがなやカタカナでもいいぞ」

サタン橋爪は『悪魔』『あくま』『アクマ』と三種類の表記が並んだボードを、きちんと見やすいようにカメラに向けて立てた。そして最後にニッと笑顔を見せたところで、青いバックと白いテロップの無機質な画面に切り替わり「以上、悪魔党党首、サタン橋爪候補の政見放送でした」と事務的なアナウンスが流れた。

「さあ、ＶＴＲをご覧いただきましたけど、これまた風変わりな政党が出てきましたね。悪魔党ということで、ご覧の通りメイクも衣装もすごいですよ。まあ、今までも国政選挙や都知事選なんかでは、変わった候補者や政党が出てきたこともありましたけど、ここまで作り込んできた人たちはさすがにいなかったということで、話題になってますね」

ワイドショーの司会者が、薄笑いを浮かべながら背後の大画面を指し示した。そこにはサタン橋爪の、真っ白なベースに紫のラインが入った毒々しい笑顔の静止画が映っている。

「まあ、泡沫《ほうまつ》候補なんて言われてますけどねえ」

コメンテーターの男性弁護士が冷めた口調で言った。一方、隣の女性タレントが好意的に語る。

「でも、私は面白いなって思いました。『人間ども』とか『愚民ども』とか、そういう言葉遣いはするけど、ひどい差別みたいなことは言わないし」

「たしかに、特定の団体や国籍の人を狙い撃ちにするような言動はありませんよね」その隣の女性作家もうなずいた。「高飛車《たかびしや》な言動は、あくまでも選挙権を持つ私たち全員に対して、平等に向けられてますよね」

「そう、あんな見た目だけど、言ってることはすごくまともなんですよね。高福祉高負担の国を目指すっていうのは、他のどの党も言ってないですし」

女性タレントが大きくうなずいた一方で、男性弁護士は冷めた口調だった。

「でも、消費税が上がるっていうのは、やっぱりみんな嫌だと思いますけどねえ」

そこで司会者が、台本通りに進行する。

「まあ、それぞれ意見があるところですが、そんな悪魔党の候補者の正体がいったい何者なのか、実はこれ、すでにネット上ではばらされちゃってるんですよね？」

すると、アシスタントの女性アナウンサーが、これまた台本通りに答えた。

「そうなんです。その辺のことも含めて、党首のサタン橋爪さんに単独インタビューをしてきましたので、こちらをご覧ください」

画面が切り替わり、インタビューの映像が流れる。会議室らしき殺風景な部屋で、アシスタントの女性アナウンサーが、サタン橋爪と向かい合って座っている。

「どうも、よろしくお願いします」

女性アナウンサーが挨拶すると、サタン橋爪は高笑いで答えた。

「ふははははは、よろしく」

「まず、単刀直入にお聞きしますが、サタン橋爪さんって、本名は橋爪光博さんとおっしゃるんですよね？」

女性アナウンサーがいきなり踏み込むと、サタン橋爪は「ぬっ？」となった。

「慶稲田大学政治経済学部を卒業後、民間シンクタンクに勤務して、参議院の被選挙権が得られた今年になって立候補した、本当は茨城県出身の三十歳男性ですよね？」

女性アナウンサーの質問に、サタン橋爪は咳払いをしてから答えた。

「ああ、うむ、よく調べたな。しかしそれは、世を忍ぶ仮の姿だ」

すると、女性アナウンサーがさらに踏み込んだ。

「あのお……正直、そのキャラも、ドェーモン閣下のパクリですよね？」

「あっ、ちょっと、それ言っちゃう？」

悪魔という肩書きで有名になった第一人者にして、近年はコメンテーターや相撲《すもう》解説者としても人気の高い、ハードロックバンド「念怒魔《ねんどまっ》Ⅱ」のボーカルの名前を出されて、サタン橋爪の声が裏返った。それを見て、スタジオの出演者たちが吹き出した様子がワイプに映る。

「パクリとは心外だ。私は約十一万歳だが、たしかドェーモン閣下とやらは、十万歳ちょっとだったな？　彼より私の方が年上なのだ」サタン橋爪は言い返した。「あと、たぶん彼と私は、魔界の中でも出身地が違うのだ。彼のことはあまりよく知らないし、彼も私のことはよく知らないだろうし、だからその……」

サタン橋爪は、少し言いよどんだ後、やや声を落とした。

「ドェーモン閣下とのつながりに関する質問は、先方に迷惑がかかってはいけないから、あまりしないでもらえると助かる」

またスタジオメンバーが大笑いする様子がワイプに映る。

「だから、やっぱりパクリってことですよね？」女性アナウンサーがつっこむ。

「パクリではないと言ってるだろうが！」

サタン橋爪が声を張り上げた。とはいえ本気で怒っている様子ではなかった。

「パクリではなく、同じことを言っているだけだ。そもそも、年齢が十万歳を超えていることに関しても、世を忍ぶ仮の姿があるということに関しても、悪魔として本当のことを言ってるんだから、内容が同じでもしょうがないではないか。貴様が言ってるのはあれだぞ。有袋類《ゆうたいるい》のコアラやウォンバットが、母親のお腹《なか》の袋の中で赤ちゃんを育てているのを見て、『カンガルーのパクリだ』と言ってるようなものだぞ」

二秒ほど間が空いたところで、サタン橋爪が首をひねってつぶやいた。

「……ん、いや、それはちょっと違うかな」

インタビューの現場スタッフが吹き出す声がマイクに入る。ワイプには手を叩いて笑うコメンテーターたちが映る。

「ところで、選挙活動の方法も独特のようですね」

女性アナウンサーが話題を変えると、サタン橋爪は雄弁に語り出した。

「ああ、我々は選挙カーは使わん。これは他の候補者たちに言いたいのだが、夜勤の仕事に就いていたり、子育てや介護で昼寝がどうしても必要だったり、目が不自由で外出時に音に頼らなくてはならない人間が、選挙カーでどれだけ苦しむか分かっているのか？　選挙カーの騒音が、夜勤ドライバーの睡眠を阻害して事故を誘発したり、育児や介護疲れの限界を超える最後の一押しになったり、視覚障害者の安全を脅かしたりして、すでに死人が出ている可能性も、今後何人も死ぬ可能性も、おおいにあるのだぞ」

サタン橋爪は、真っ白な眉間に皺を寄せながら語った。

「選挙公報と政見放送という手段は全員が平等に使えるし、まして今はインターネットも使えるのだ。人々の安全と健康を損なう選挙カーなど使う必要はない。なぜそんなことが他の議員の口からは言えんのだ。選挙カーを使わなければ、ウグイス嬢も雇わずに済むしガソリン代もかからない。選挙にかかる費用は一気に安くなるのだぞ。選挙に金がかからなければ政治に金がかからなくなる。そうなれば政治と金を巡るスキャンダルもなくなるのだ。――もっとも、選挙カーがなくなると、目が不自由な人間たちが各候補のことを知る機会が狭められるのではないかと、懸念する者もいるかもしれない。だが心配することはない。従来より格段に選挙費用が削減できるのだから、浮いた金で点字や音声データを使った選挙公報を従来よりはるかに充実させられる。はっきり言って、いいことずくめなのだ。むしろ我々のような選挙活動しかできないルールに変えるべきなのだ」

サタン橋爪はそこから一気に語った。

「とにかく我々は、選挙カー一つに関しても、それによって本当に苦しむ人間がいないか、常に弱く儚《はかな》い人間の声に耳を傾けることを心がけている。強い人間が栄えるために弱い人間が犠牲になる事例を、限りなくゼロに近付けるのが我々の姿勢なのだ。――経済成長を闇雲に目指すという国の政策は、結局金持ちを利するだけで貧者をより苦しめるというのは、近年の日本の様子を見れば明らかであろう。とはいえ、税金は減らすが福祉を充実させるなどというのは、はなから無理だ。消費税をはじめ、額面上は税率がぐっと上がるが、社会に必要不可欠なエッセンシャルワーカーに真っ当な給与が支払われるようになり、教育や出産の費用も完全に無償化される。そんな社会を目指すべきなのだ。決して理想論ではない。すでにそのような社会は、北欧をはじめとした国々で何十年も前から実現されているのだ。もちろんすべてを真似ればいいというものではないが、その手本にのっとって日本を作り変えていくしかないと、我々は考えているのだ」

長く語ったサタン橋爪に、女性アナウンサーが薄笑いを浮かべて質問する。

「なんか、すごくいいことを言ってるように聞こえますけど、そこまでして日本をいい国にしたところで、どうせ今世紀末に悪魔が復活して、人間をみんな食い殺しちゃうんですよね？」

「ああ、その通りだ」サタン橋爪はにやりと笑ってうなずいた。「しかし、それまでに人間どもの活力が失われては、我々の同胞の食糧事情も悪化するんでな。だからこうして、世紀末まで貴様ら日本の人間どもが元気でいられるように、政治の世界に飛び込むことにしたのだ」

「面白い屁理屈《へりくつ》ですね」

「屁理屈ではない。本当なのだ！」

「というわけで、今日はどうもありがとうございました」

「あ、もう終わり？」

「もう撮《と》れ高《だか》は十分ですし、一つの政党ばっかり取り上げるわけにもいかないんで」

「ああ、そういうもんなのか」

サタン橋爪は一瞬慌てた様子を見せたが、すぐにカメラを指差して高笑いした。

「さらばだ！　ふはははは！」

――そこで、映像がスタジオに戻った。

「いやいや、面白いねえ、あの人」

「人じゃないですよ、悪魔です」

司会者と女性アナウンサーのやりとりに、またコメンテーターたちの笑いが起こる。こなれた様子の女性アナウンサーは、さらに付け加える。

「ちなみに、朝の番組でコメンテーターをやってるドェーモン閣下にも、先ほど番組終わりでこの映像を見ていただいたんですが、次のようなコメントをいただきました。『我が輩も彼のことは知らないが、こっちも著作権云々《うんぬん》を言うつもりはないから、好きにやったらいいんじゃないか』とのことです」

「さすが閣下、懐が深いね」

司会者は笑ってうなずいた。元々政治問題に鋭く切り込むようなことはなく、むしろ芸能スキャンダルなどの話題の方が生き生きとするタイプの司会者だったが、悪魔党のことは面白がることに決めたようだった。

「まあ、選挙期間中の報道は各党平等にやらないといけないんですが、こういうのはまだいいんですよね？」司会者はスタッフにちらっと目をやった。「うん、とにかく、今後も注目していきましょう。それじゃ、いったんＣＭです」

「ふはははは！　愚民ども、今日も生配信を見ているようだな！　どいつもこいつも暇な奴め！　それでは今日も、悪魔党のネット講話を始めよう」

サタン橋爪がカメラに向かって言ったところで、悪魔党チャンネルのネット生配信が始まった。視聴者数は日ごとに上がり、今や二十万人を超えていた。

「改めまして、サタン橋爪だ」

「ルシファー沢本だ」

「ゴルゴン窪木だ」

「メデューサ荻野だ」

四人の悪魔が自己紹介とともにポーズをとる。サタン橋爪がカメラを指差し、ルシファー沢本は両手をクロスさせ、ゴルゴン窪木は尖った爪を上に立て、メデューサ荻野は両手を広げて邪悪な笑みを浮かべる。この四人のお決まりのポージングだ。コメント欄には『今日も決まった!』『何度見てもダサいw』『メデューサちゃん今日も可愛い』などと、思い思いのコメントが並んでいく。

四人とも、真っ白な肌にそれぞれカラフルな隈取り風ラインが入った顔で、髪は逆立ち、大仰な衣装を身にまとっている。そんな悪魔たちが、明らかに誰かの自宅と思われる、背後に洗濯物が干してあるような生活感丸出しの部屋で行う生配信は、ネット上で大きな話題となっていた。

「愚民どもの中で比較的賢明な諸君は、もう期日前投票を済ませたことであろう。あれは駅前とか、大きなショッピングセンターの中とか、日頃からよく行く場所に投票所が設置されてることが多いからな。投票日当日だと、行ったことのない小学校や集会所が投票所に指定されていて、『場所もよく分かんないし行かないでいっか』なんて気分になりがちだが、期日前投票なら、何ヶ所かの中から行きやすいところを選べる。面倒臭がりの愚民どもには、期日前投票をおすすめするぞ。ふははははは！」

サタン橋爪が高笑いをして、再度四人で例のポーズを決めたところで、本題に入る。

「それじゃ今日は、前回予告した通り、人間どもから送られてきた法案を我々で練ったものを紹介していこう。まずはペンネーム『悩めるよっちゃん』『さすらいのシンママ』他からのアイディアを総合したものだ」

ここでルシファー沢本が、画用紙をカメラに向かって立てる。

「子どもの声保護法案、だな」

ルシファー沢本が持った画用紙には、黒と紫の悪魔カラーで縁取られた、おどろおどろしい手書きの文字で「子どもの声保護法案」と書かれている。それを見た視聴者たちからの『手書き！』『低予算w』『文化祭のお化け屋敷の看板みたいw』などというコメントが画面脇のコメント欄に並ぶ中、サタン橋爪が詳しく説明する。

「この法案は、子供や保護者がよほど悪意を持って騒いでいる場合を除き、子供が出す騒音にクレームを入れることを禁止する、すなわち子供が声を出す権利を守るという内容だ。

たとえば、電車や飛行機の中で、親があやしているにもかかわらず赤ちゃんが泣いてしまっているケースで、うるせえとか静かにさせろとか、一度でも文句を言った客は即罰金刑。よほど悪質な場合は懲役刑も科すことになる」

サタン橋爪は、コメント欄にちらちらと目をやりながら、悪魔感あふれる重く低い声で滑らかに語る。

「なるほど。『注意しただけで罰金は厳しすぎるだろ』とか『言論の自由の侵害だ』というようなコメントも見受けられるな。だが、たとえば電車内で、男が居合わせた女性客に対して卑猥な言動を繰り返せば、痴漢として捕まるのだぞ。これとて、言論の自由の侵害と言えてしまうことになる。我々に言わせれば、電車内で泣いている赤ちゃんを怒鳴りつける行為と、女性に対して卑猥な言動を繰り返す行為は、同じぐらい卑劣な悪行だ。そもそも、この国の大人たちというのは全員、自分たちが作った多額の借金を子供に押しつけている状態なのだ。借金の肩代わりをさせる相手に対して、電車やバスの中で泣けば怒鳴りつけ、公園や保育園で遊ぶ声にまでクレームを入れる。そんな身勝手が許されていいはずがない。しかも、そんな大人たちの幼少期は、自分たちが多数派だったのをいいことに、外で遊び放題、騒ぎ放題だったのだぞ。なのに自分たちが大人になったら子供の声を許さず弾圧するなんて、我々悪魔でもドン引きするぐらいの悪行だ」

サタン橋爪の力説に、『悪魔でもドン引きｗｗ　でもたしかにそうかも』『子どもは宝。大事にしなきゃ』などというコメントが並んでいく。

「実際、かつて落ち込んだ出生率を2を超えるまでに回復させた実績があるフランスをはじめ、欧米では、電車やバスで泣いている赤ちゃんに文句を言う輩などまずいないと聞く。日本も本気で少子化を解消する気があるのなら、国民の抜本的な意識改革が必要なのだ。よほど悪意を持って騒がせていたり、電車内で赤ちゃんを虐待して泣かせていれば別だが、どうしても泣いてしまう赤ちゃんの声に文句をつけずにいられないような輩は、この国に生きる資格などない。己が作った借金を背負わせる相手に文句をつけるとは何事だ。本当だったらベロベロバ～とあやすのを義務化してもいいぐらいなのだぞ」

サタン橋爪の口調が熱を帯びている間に、ルシファー沢本が静かに次の準備をしている。コメント欄には『悪魔のくせにいいこと言った』『ほんとそう。日本も本気出さなきゃ』などというコメントの他、『ルシファーさん裏方感ｗ』『名参謀《さんぼう》と言ってやれｗ』などといったコメントも並ぶ。

「さて、続いては、ペンネーム『運転手歴十年』『弱小店員Ｋ』他からのアイディアだ。『自腹・自爆営業禁止法案』だな」

サタン橋爪の言葉に合わせて、またルシファー沢本が、法案名が手書きで書かれた画用紙をカメラに向けて掲げる。それを指し示しながら、サタン橋爪が説明する。

「たとえば、店のレジを精算して合計額が合わない時に、アルバイト店員に自腹を切らせて差額を補塡《ほてん》したりとか、あるいはうっかりミスで商品を落としたり壊したりした店員に自腹で弁償させたりとか、売れ行きの悪い商品を従業員に自腹で購入させたりとか、そんな行為が今なおこの国では横行している。そのような行為を徹底的に禁じ、違反した上司や経営者には刑事罰も科すというのが、この法案の内容だ。これに関しては、メデューサに経験があるんだったな」

「ああ、そうだ」メデューサ荻野がうなずいた。「私は某コンビニでアルバイトをしていたのだが、その店では自腹も自爆営業も横行していた。そして私も、不満に思いながらも、お中元の注文と、レジの残金が合わなかった際の自腹を強いられた」

「ん、『悪魔がバイトしてたのかよw』なんてコメントが上がったが、あくまでも世を忍ぶ仮の姿の時の話だ」コメント欄を見たゴルゴン窪木が言った。

「そうだ。世を忍ぶ仮の姿で、世を忍ぶ仮の大学生活を送っていた時だったな、あれは」

サタン橋爪がうなずいて話を戻す。

「他にも、トラック運転手が、事故を起こしたり積み荷を破損した時に自腹を強いられるようなケースもあったりと、ただでさえ賃金の高くない職場で、こういった仕打ちを受けがちな実態があるのだ。一方で、政治家や官僚が、政策の失敗で何千億円もの損失を国に与えたところで、自腹を切らされることは絶対にない。これは理不尽な話ではないか」

サタン橋爪がカメラを睨みつけて言うと、『マジでその通り！』『私もコンビニでミスって落とした肉まん弁償させられた』などというコメントが続々と届いた。

「いかなる労働者も、原則として職場で自腹を切らされることがあってはならない。従業員のミスで商品や備品に損害が生じた場合に、それを補填する保険に入っていないのは経営側の過失だし、まして自爆営業なんて言語道断だ。ちゃんとした企業、またちゃんとした国ではとっくに守られているルールを、日本でもすべての企業において厳密に守られるようにしなくてはならんだろう」

サタン橋爪は力強く言うと、また手元の紙に目を落とした。

「さらに、ペンネーム『かりんちゃん』『去年までＪＫ』他、どうやら若い人間どもから多かったのが、これだ。『校則による容姿強制禁止法案』だな」

またルシファー沢本が、手書きの画用紙を掲げ、それを指しながらサタン橋爪が語る。

「これは、児童生徒の学校での服装や髪型を、全面的に自由化しようという法案だ。そもそも服装や外見を強制する校則があるから、夏でもハイソックスを履けとか、自腹で美容院に行って生来の髪色や髪質を黒のストレートに変えてこいとか、しまいには女子の下着を白にしろとか、常軌を逸したハラスメントが学校で横行することになるのだ。制服や校則がないと風紀が乱れるなんてことは、少年犯罪の発生率が戦後一貫して下がり続け、今や世界随一の低さのこの国で、まして不良文化がどんどん廃れている現状では、もはや考えられないだろう。かつてなく少年たちがおとなしくなっている今こそ、容姿を強制するような校則は思い切って廃止してしまうべきなのだ」

「しかもこの法案は、意外にも現役の教師からの賛同が多かったんだよね」

メデューサ荻野の言葉に、サタン橋爪がうなずく。

「そうなのだ。制服や校則がなくなれば、服装指導などという不毛な業務に費やす時間をゼロにできるからな。長時間労働を強いられている教師にとって、この法案は労働環境改善の切り札となりうる。実は教師こそ、この法律を最も望んでいるのかもしれんな」

その後も、視聴者から募集した法案について、奇抜な格好に似つかわしくない真面目な話を続けた後、視聴者のコメントの紹介などを経て、この日の配信は終了となった。

「では、選挙前の生配信はこれで最後だ。貴様らの期待を背負って我々が国会に行けることを祈っ……たりはしないのだ。悪魔だからな。我々の魔力を用いて、必ず国会議員になって見せようではないか。さらばだ愚民ども！　ふはははは！」

サタン橋爪の挨拶とともに、四人がまたポーズを決めた。『祈るって、神に？』『ちょっとボロが出かかったぞ』『がんばれ〜』などというコメントが続々と表示される中、生配信が終わった。

そして、次の日曜日——。

「ばんざ〜い！　ばんざ〜い！」

ドクロやコウモリなどの飾りがあしらわれた選挙事務所で、集まった支持者たちが万歳を連呼する。壇上でサタン橋爪が、どうやら紙粘土で作ったらしい悪魔像の白目を、墨で黒く塗っていく。その映像から、選挙特番のスタジオへと映像が切り替わった。

「ということで、今回の選挙で最も驚いたのが、『悪魔現象』ですよね」

女性のメインキャスターの言葉に、男性アナウンサーがうなずいてから語った。

「はい。先ほどもお伝えしました通り、悪魔党は、党首のサタン橋爪さんの他、ルシファー沢本さん、ゴルゴン窪木さん、メデューサ荻野さんという、立候補した四人全員が比例区で当選しています。小政党としては異例の躍進です。まだ確定得票数は出ていませんが、出口調査から推測して、あと一人か二人出馬していても当選できた可能性が高いということです」

「これは意外でしたよね、佐藤《さとう》さん」

メインキャスターの問いかけに、政治評論家の佐藤がうなずいた。

「ええ。最初は私も、泡沫候補で終わるだろうと思ってました。しかし、選挙戦の中盤あたりから、これはひょっとするとひょっとするぞ、と思ってたんですね。それぐらい勢いを感じてました。で、結果を見れば、二十代と三十代の政党支持率は、悪魔党がトップになりましたからね。おまけにこの年齢層は投票率もぐんと上がった。つまり、今まで投票に行っていなかった若い層の相当数が、悪魔党に投票したんですね。そのせいもあって、全体の投票率も七十パーセントに迫る久々の高水準になりました。面白がって投票した人ももちろん多かったと思いますけど、一方で、おそらく既成の政治に嫌気が差していた層が、一気に悪魔党に流れたのではないかと私は思いますね。若者は保守化しているとか言われてましたけど、これだけ斬新な政党が現れたら、一気に流れたっていうことですね」

「なるほど、鈴木《すずき》さんはどう思われますか」

メインキャスターが話を振ると、今度は経済評論家の鈴木が答えた。

「私は、今回の悪魔党が、今まで表に出ていなかった国民の潜在的なニーズを掘り起こしたんじゃないかと思いますね。過去の消費増税の際に、増税の是非を問うたアンケートでは、増税反対が賛成を上回るのが常でしたけど、実際には、財政健全化やエッセンシャルワーカーの待遇改善や高福祉のためには、高負担も受け入れようという考えが国民の中に潜在的にあって、それが今回、一気に発露したんじゃないでしょうか」

「だから、うまいやり方を考えたと思いますよ」政治評論家の佐藤が付け加える。「悪魔なんて荒唐無稽な設定ですけど、あのキャラクターを演じていれば、国民に対して上から説教するような形になっても、違和感なく受け入れられるわけですからね。本気で財政健全化を考えたら、大金持ちや大企業に対して増税するだけじゃとても足りないし、消費増税もしなきゃいけないんだから、みなさん覚悟してくださいよ——なんてことを、選挙の時期に言える政治家なんて、今まで一人もいませんでしたからね」

「今までもタレント議員っていうのはいましたけど、彼らはタレントになるのと議員になるのが同時進行っていう、新しいタイプですよね」今度はメディア評論家の高橋《たかはし》が語った。「あのネット動画の悪魔党チャンネルっていうのも見ましたけど、本当にちゃんとしたタレントが喋ってるのと同じくらい進行が上手なんですよね。ほら、ぶっちゃけた話、タレント議員って、タレントとしてダメになった人が議員報酬目当てになるケースが多かったじゃないですか。でも悪魔党の四人は、今からテレビタレントになってもやっていけると思うんですよ」

「たしかに、実際私も取材に行きましたけど、四人とも演説や取材の受け答えが非常に安定してましたよね。党首のサタン橋爪さん以外の三人も、演説やコメントに切れがあって、かといって不用意な失言や、差別的な発言をすることは一切なかったですし」

メインキャスターが言うと、評論家たちが語り合った。

「たぶん、立候補の前に相当なトレーニングをしたんでしょうけどね。他の政党はみんな、どうやったのか教えてほしいと思ってるでしょう」

「まあ、あんな突飛なキャラクターだから、どこかで限界が来るかもしれないけど、どこまで演じていけるのか期待したいよね」

「さすがに政権を取ることはないだろうけど」

「とりあえず今後しばらく、国会で一番注目を集めることは間違いないでしょう」


実際、それからの政治の話題の中心は、もっぱら悪魔党だった。

初登院の日、さっそく事件が起きた。

「国会にそんなメイクで入るつもりか！」

「真面目にやれ！」

与党議員たちが、議場の入口で悪魔党の議員たちと押し問答になった。

立ちふさがっているのは、与党の中でも当選回数の少ない若手議員たちだった。上の者に言われたのか、ここを見せ場とばかりに意気込んできたのか、あるいはその両方なのか、妙に肩に力が入っているのが見て取れた。

「なぜ我々の格好が許されないのだ。議院規則には、帽子や外套《がいとう》や襟巻きなどを禁止するとしか書いていないはずだぞ」

四人並んだ悪魔党議員の先頭に立つサタン橋爪が、毅然《きぜん》と主張した。しかし与党議員は言い返す。

「でも、国会は神聖な場所なんだから。そんな変な化粧して入っちゃダメなんだよ」

「これは化粧ではない。素顔だ」

「そんなわけないだろ！」

サタン橋爪に対する与党議員のツッコミに、報道陣から笑いが起こる。

「では、百歩譲ってこれが化粧だとしよう。そして我々が議場に入るのが禁止されるとなると、厚化粧の女性議員はなぜ入場が許可されるのだ？　素顔と比べて、もはや別人になっている議員など何人もいるだろう」サタン橋爪が淡々と主張する。

「でも……ほら、その頭もダメだろう。その、蛇みたいにうねってたり、ぴーんと立ってたりするそれは」与党議員が悪魔党の四人の、逆立った頭髪を指差した。

「これも地毛だ」

「だからそんなわけないだろ！」

また笑いが起こる。もはや懸命にツッコミを入れる与党議員の方が滑稽に見えた。

「なるほど、頭髪が地毛ではない人間も禁止というわけか……。それなら、カツラをかぶっている議員は、当然出入り禁止にならなければいけないな」

サタン橋爪は、そう言って入口脇の廊下を見つめた。その先にいる人物を見て、与党の若手議員たちが「あっ……」と顔色を変えた。

「たとえば、そこの倉持《くらもち》氏も、出入り禁止ということだな！」

サタン橋爪が、すっと手をかざした。すると、廊下の先にいる与党の倉持幹事長のカツラがすぽっと取れて、ひらりと飛んで行ってしまった。

「わあっ」

倉持が声を裏返し、秘書とともに大慌てでカツラを追いかける。

「ああっ、大変だ！」

「倉持先生！」

悪魔党員たちを止めていた与党の若手議員も、自分たちが仕掛けた揉《も》め事の巻き添えで、党の重鎮のカツラがばれてしまったのだから大慌て。すぐにすっ飛んでいった。

「我々は入るぞ、いいな」取り残されたサタン橋爪が声をかけた。「今後、我々の登院を妨害するたびに、貴様らの先輩のカツラが一人ずつばれていくと思え」

「くそおっ」

「覚えてろっ」

与党議員が捨て台詞を吐いて走り去る様子に、周囲からは拍手すら起こった。どんなトリックを使ってカツラを飛ばしたのか、その後もサタン橋爪から明らかにされることはなく、「あの直前にこっそりバネでも仕掛けてたんじゃないか？」「秘書がスパイだったんじゃないか？」「いや、本当に悪魔だからあんなことができたんだ！」なんて言いたい放題の噂がネット上では飛び交ったが、ともかく与党の中には他にもカツラ疑惑がささやかれている大物議員が何人もいたため、結局それ以来、悪魔党の議員たちの格好をとがめる者は誰もいなくなった。

こうして、悪魔党が加わった国会がスタートした。もちろん小政党のため、国会ですぐに大きな改革を起こすことはできない。しかし、総視聴者数が地上波テレビのゴールデン番組と遜色《そんしょく》ないほどにまで増えた「悪魔党チャンネル」で発表された、「子どもの声保護法」「自腹・自爆営業禁止法」「校則による容姿強制禁止法」などの法案は、与党が成立を目指す重要法案以上の注目を集めていた。本来なら、少数野党の提出法案など審議すらしないことが多いのだが、悪魔党の法案は与党のそれよりずっと国民の実生活に直結するものであり、国民の中での期待も高まっていたため、無視できない存在になっていた。結局、

「自腹・自爆営業禁止法」に関しては、他の野党の協力も得て、与党側も賛成に回り成立することとなった。

選挙が終わると見えなくなりがちな政治家の活動も、悪魔党の場合は動画チャンネルをチェックしていれば常に把握できる。もちろん、そのような工夫は以前から他の政党や議員もやっていたが、悪魔党の視聴者数は文字通り桁違いだった。なんといっても政治家の中では圧倒的に面白いビジュアルに、一流タレント顔負けのトーク力。どんなに上から目線でも許される「悪魔」という最強のキャラクター。政治家特有の自己アピールや有権者への媚《こ》びが微塵《みじん》も感じられない一方で、悪魔でありながら決して差別的な発言などはしない。コメント欄に差別的な言葉が出てきたら、むしろ悪魔側が厳しく注意するほどだった。支持者は若者が中心だったが、徐々に中高年からの支持も増えていった。

その後も、悪魔党の勢いは止まらなかった。

次の衆議院選挙では十四人が当選。その次の参議院選挙では十六人が当選。さらにその次の衆議院選挙では、参議院からくら替えしたサタン橋爪党首を含む四十二人が当選――。五年ほどで、国会の中で鍵を握る一大勢力へと成長していった。

そのうちに、移籍してくる議員も現れた。

「あなた、千堂武彦《せんどうたけひこ》さんですよね？」

「いや、私は悪魔に取り憑かれたのだ！」

政界渡り鳥と言われてきた千堂武彦が、白塗りメイクで逆立った髪型のカツラをかぶりながら、報道陣に対して答えていた。

彼は元々、巨大与党の議員だったが、党を飛び出し、新党を旗揚げしては脱退や解党するのを繰り返したあげく、今では無所属となっていた。そんな千堂武彦が悪魔党に入党したというのは、悪魔党の勢いを象徴するニュースとして扱われた。

「これから私は、ゴブリン千堂だ。ふあははははは」

まだぎこちない高笑いに、明らかに小太りのおじさんが仮装しただけの痛々しい格好で、千堂武彦は報道陣の前で振る舞っていた。

しかし、それから一ヶ月も経たないうちに、事件は起こった——。

「続いて、政治家の失言のニュースです。悪魔党に入党した千堂議員が、地元で開かれた講演会で差別的な発言をしました」

ワイドショーで、千堂議員の発言が録音された音声が流れた。

「同性愛者なんて、悪魔の中でも外道《げどう》なのだ。あんな輩は我々悪魔が滅ぼしてやるのだ。ふあ、ふああはははは」

悪魔風の高笑いは相変わらず下手なままで、講演会の客も全然笑っていない様子が、音声だけで分かる。スタジオのコメンテーターたちも途端に不愉快な顔になる。

「どうですか、佐々木《ささき》さん」

「いや、これは本当にひどいと思います……」

と、コメンテーターの女性モデルが話し始めた時だった。司会者のアナウンサーが話を遮るように言った。

「あ、ここで速報が入ってきました。ああ、千堂議員に除名処分が下ったということです。悪魔党が、同性愛者に対して差別的な発言をした千堂武彦議員に除名処分を下しました」

「早かったですね」

コメンテーターたちが、どこかほっとした様子でうなずいた。

「サタン橋爪党首のインタビューが、出ますか、ああ出ますね」

アナウンサーがそう言ったところで、画面が切り替わり、国会議事堂の廊下でサタン橋爪が語る映像が流れた。

「千堂武彦を、悪魔党から除名することにした。差別扇動などという、まるで人間のような卑劣な行為をする奴は悪魔失格だ」

いつも通りの白地に紫ラインの奇抜な顔でも、その表情は苦渋に満ちているようだった。

「あんな愚かな人間と、悪魔の契約を交わしたことを心から反省しよう。今後は気を付けねばいかん。奴の方から入党したいと言ってきたのだが、本性を見抜けず、政治経験が豊富だから味方にして損はないだろうと安易に考え、悪魔風のメイクをさせて仲間にしてしまった……。あ、といっても、私のこれはメイクではないぞ、これは地の顔色だ」

サタン橋爪が少し慌てたように付け加え、記者たちから小さく笑いが起きたところで、サタン橋爪はカメラ目線で言った。

「あのような発言を支持する輩に対して、意見を表明しよう。伝統的な家族観や国家観などという戯《たわ》けた価値観を持ち出し、性の多様性や、難民の受け入れまでも否定する輩よ。そもそも貴様らは、そんな伝統など守ったところで、今世紀末に滅ぼされるのだから意味がない。これが大前提だ。だがそれを抜きにしても、果たしてそんな醜い差別をして満足か、自分の胸に問うてみろ。限られた一生の中で、人を差別し、人の生き方を阻害して生きていくのが本当に幸せか？　そんな大人になりたいと、子供の頃に願っていたか？」

サタン橋爪は真剣な眼差《まなざ》しでカメラに向かって問いかけた後、改めて言った。

「とにかく今後も、我々悪魔党は、差別的な思想を表明するような党員は断じて許さん。すみやかに悪魔の契約を解除するものとする。たとえ幹部であってもだ。以上」

そう言い残してサタン橋爪は去って行った。

雨降って地固まるというべきか、失言した議員を一切かばうことなく処分したことで、サタン橋爪は悪魔党の党首として、結果的にますます株を上げることになった。いつしか「総理になってほしい政治家」を問うアンケートで、ぶっちぎりの一位をとるようになった。そして――。

「内閣総理大臣に、サタン橋爪君を指名いたします」

とうとうその時が訪れた。サタン橋爪が連立政権のトップに選ばれたのだった。悪魔を名乗る者が国のトップに立ったという前代未聞のニュースは、世界中で報じられた。

総理大臣に就任すると、サタン橋爪はかねてから公言していた通り、大増税を断行した。所得税と金融所得税は一本化され、法人税もあわせて最高税率は大幅に上がり、富裕税も新たに設けられ、もちろん消費税も毎年一パーセントずつ上げていくことを正式に表明した。就任当初は七割を超えていた支持率も、本当に大増税するのだという姿勢が明確になったことで、みるみる下がり始め、ものの数ヶ月で不支持率と逆転してしまった。

しかし、サタン橋爪総理は、どこ吹く風だった。

「人間どもの支持率などまったく気にならぬわ。どうせ今世紀末には、一人残らず食い尽くしてしまうのだからな。ふはははは！」

その一貫した姿勢に、もちろん批判も上がったが、支持率は徐々に回復していった。公約通り、増税に伴ってエッセンシャルワーカーの給与が跳ね上がり、福祉や子育て政策も充実していったことが背景にあった。介護、保育、運輸業界などの深刻な人手不足はみるみる解消され、待機児童や介護離職はほぼゼロになった。また、増税によって確保された財源をもとに、学費は大学まで完全無償化され、削られ続けていた大学の研究予算も急回復。もちろん出産費用は完全無料となり無痛分娩も急速に普及した。合計特殊出生率は急上昇し、ついには夢とまで言われた2を上回った。

大企業や富裕層への課税は強化されたが、課税を逃れるために海外に拠点を移す企業や、住所を移すような経営者はほとんど現れなかった。そういった企業は、日本国内での経済活動が著しく制限されるように、悪魔党政権によって徹底的に締め上げられたからだった。並の政治家では躊躇してしまうような強引な政策も、「悪魔だから」という一言で実行できてしまうのが、悪魔党政権の強みだった。

ただ、法人税を引き上げた一方で、下請けを含めた従業員の賃金と役員報酬の格差を抑える、幹部社員の女性比率を高める、男性従業員の育児休業取得を義務化する、本社機能を都心から地方に移す――などの方策をとるごとに税率が下がっていくシステムを導入したことで、国の経済力の低下につながることはなかった。特に、本社機能の地方移転時の法人税率の下げ幅を大きく設定したことで、大企業の地方移転が一気に進んだ。その結果、かつての都心偏重が解消されて地方の活力も戻り、国土がバランスよく使われる新たな日本経済のシステムが構築されていった。

選挙カーも政治献金も供託金制度も廃止し、選挙の際は全候補者が平等に与えられる政策発表機会と討論会で競う、金のかからない政治を実現した。それによって政治と金のスキャンダルは過去のものとなり、議員報酬を半額以下に削減しても、選挙資金を気にする必要がなくなった議員たちから大きな反対意見は出なかった。勝てそうなタイミングで衆議院を解散するような姑息《こそく》な真似をせずとも、すべての選挙に完勝し、二期八年の衆議院議員の任期を満了して総理就任十年目を迎えたところで、サタン橋爪は定例の記者会見で突然表明した。

「そろそろ貴様ら人間に、バトンを渡そうではないか」

それが総理退任の記者会見なのだと悟った記者たちからは、どよめきが起こった。

「私は政界を引退する。そして悪魔党の他の議員たちも、明日からノーメイク……失礼、世を忍ぶ仮の姿で登院することになる。つまり、国会は再び人間だけのものになるということだ。だからといって、くれぐれも持続不可能な、その場しのぎの、自分たちの支持者を喜ばせるための短絡的な政策を採り続ける政治に戻ってはならぬぞ。思い出してほしい。

我々が現れる前の、この国の政治を取り巻いていた状況を――。未来に正面から向き合う姿勢をどの政党も持たず、無理だと分かっているバラ色の政策にすがろうとしていた。悪魔という、人間以外の立場から厳しく言われて初めて、未来の重い課題に真剣に向き合うようになった。これから先はそんなことではいけない。貴様ら人間どもが自らの意思で、難しい局面にも向き合わなければいけないのだ」

カメラに向かって熱く語るサタン橋爪の目は、心なしか潤んでいるようにも見えた。

「それでは私は、魔界に帰るとしよう。世紀末にこの世界を征服するための準備をしなければいけないからな。その時までさらばだ！　ふはははは」

高笑いして去ったサタン橋爪総理の背中を、報道陣のカメラの猛烈なフラッシュが照らした。記者やカメラマンの中には、うっすら涙を浮かべている者もいた。最後の世論調査で、政権支持率は九十パーセントを超えていたのだった。

既成の政治に多くの有権者が失望していた国で、奇抜なメイクで悪魔を自称する政党が突然現れる。政策は決して過激ではなく、むしろ高福祉と格差是正を旨とする。――日本の悪魔党から始まった、そのような「悪魔運動」は、世界中に広まっていった。宗教的に「悪魔」を自称することがタブーである国では、「ＡＫＵＭＡ」という日本語のままの発音で立ち上がる政党も多かった。

政治家に問題があって、庶民にまったく問題がないという国は存在しない。悪魔というキャラクターを貫くことによって、国民全体を上から目線で堂々と叱り飛ばすことができるのは、万国共通で画期的な政治手法として取り入れられた。思えば二十一世紀の序盤には、穏健な政策を静かに唱えるより、国民を分断するような過激な政策を声高《こわだか》に唱えた方が支持を得やすいという政治風潮がまかり通り、民主主義の危機とまで言われた時期があった。その危機を脱する鍵になったのが、穏健な政策を、過激で突拍子もないキャラクターの政治家が唱えるという「悪魔運動」だったのだ。それは「いがみ合うより親しみ合いたい」、また「新しいものに飛びつきたい」という人々の根源的欲求にマッチし、結果的に、可能な限り国民の幸福を増やして不幸を減らす、すべての人に優しい本来の民主主義を復活させたのである。ほんの少しのアイディアの転換で、再び世界の民主主義は平穏を取り戻したのであった。

二十一世紀初頭に問題となっていた経済格差は是正され、多くの国で「総中流」と呼ばれるような経済状況になっていった。もちろん問題がまったくないわけではなかったが、人類全体の総幸福度はかつてないほど高まったとも言われるようになった。

地球温暖化も、二十一世紀初頭の最悪のシミュレーションよりはだいぶ抑えられた。日本でも、かつて絶望的なまでに膨れ上がっていた赤字国債は、こつこつと黒字財政を続けていくことで徐々に解消され、ついにはゼロにできる見通しも立つようになっていた。

そして、とうとう世紀末の、西暦二〇九九年を迎えた——。


それは、七月にしては湿度も低く、からっと晴れた気持ちのいい朝だった。

突然、晴れていた空が暗く曇った。

ほどなく、地面の底から不気味な重低音が響き渡ると、日本全体で地震が発生し、至るところで地割れが起こった。その割れ目から這い出してきた、黒紫色の肉体と真っ白な顔を持つ、身の丈五メートルほどある禍々しい生命体たちは、突然の事態に呆然としている人間たちを次々に捕らえては、巨大な口でばりばりと食っていった。

「ぎゃあああああっ！」

「助けてええええっ！」

日本中が、まさに阿鼻叫喚《あびきょうかん》の巷《ちまた》と化した。

「警察呼ばないと！」

「いや、自衛隊だ！」

人々がパニックに陥る中、上空から声が響き渡った。

「そんなのは呼んでも無駄だ。奴らの兵器も、すでに我々によって無力化されている。あとは我が同胞たちが人間どもを食らいつくし、この星で我々が繁栄するのみだ」

その声を聞いて、人々は一斉に空を見上げた。そして上空を指差した。

「えっ、あれ……」

「ああっ、あいつは……」

「サタン橋爪だ！」

*

七十年以上前。大学以来の恋人と友人の四人で、地方のテーマパークでダブルデートをした帰りの、高速道路のサービスエリアのカフェにて、橋爪光博は熱く語っていた。

「今のこの国には、国民全員をガツンと叱れるような政治家が現れなきゃいけないと思うんだよ。従来の政治家みたいな『私に清き一票をお願いします』なんてスタンスじゃなくて、『俺様を当選させないとお前らはダメになっていく一方だぞ！』ぐらいのことを言い放つ、そんな政治家を出現させられないものかな」

「いや〜、そんなのはさすがに無理だろ」

沢本健哉が苦笑した。しかし橋爪光博は、じっと考え込んでいた。

「どうしても無理かな。何か方法はないものかな……」

だが、しばらく考えたところで、橋爪光博はあきらめたように言った。

「言うのは簡単でも、そんなにいいアイディアなんて思いつかないか……」

「そろそろ出ようよ。帰り遅くなっちゃうし」

橋爪の恋人である荻野智里が言った。沢本健哉と、その恋人の窪木真美もうなずく。

「そうだな」

橋爪はうなずいた。四人で割り勘で会計を済ませ、車に乗った。

そして、橋爪の運転で、がらがらに空いた田舎の高速道路を走っていた時だった。

「うわああっ」

突然目の前に飛び出してきた、見たことのない黒紫色の猛獣、いや怪物のようなシルエット。四人はいずれもその姿をたしかに見てはいたが、何だったのかは理解できないまま、ただ悲鳴を上げることしかできず、気付けば車は弾《はじ》き飛ばされて側壁を飛び越え、高架下へと転落していった。

「わああああっ」

「きゃああああっ」

悲鳴がこだまする車は、高架下の森の中の地面に叩きつけられ、原形をとどめないほど大破して炎上した。乗っていた四人は、ほぼ即死状態——のはずだった。

ところが四人は、まったく無傷のまま、炎の中からてくてくと歩いて出てきた。

「ふっふっふ。これはちょうどいい人間の肉体を手に入れたな」

「我々も先遣隊として、この復活の地、日本の人間どもの活力のなさを懸念していたが、こいつらを見つけてひらめいた。この国の人間どもを活性化させるために、政治家になればいいのだ」

「この肉体で選挙に出れば怪しまれまい。元から政治への関心が高い若者たちなのだからな。元々の知人たちのことは、世を忍ぶ仮の姿でだまし続ければよかろう」

「面白くなりそうだな、ふははははは」

悪魔に肉体を乗っ取られ、意思統一された四人は、炎上する車を背にしながら揃って高笑いした。一瞬だけ、顔が真っ白になって髪の毛が逆立ち、本来の悪魔としての姿を現したが、すぐまた人間の姿に戻って歩き出した。

＊

「嘘でしょ⁉　どういうこと？」

「なんでサタン橋爪が？」

「空に浮かんでるっていうか、映ってるっていうか……これ、どうなってんの？」

空一面に現れた、サタン橋爪の姿。不思議なことに、日本中のどこから見上げても、巨大な彼の姿が見えたのだった。

人間としての橋爪光博はもう百歳を超えていたが、平均寿命が百歳に迫っていた二十一世紀末の日本においては、特に不自然なほど長生きというわけでもなく、表舞台から去って半世紀ほどが経っていたこともあり、今や誰も注目していなかった。悪魔を模して突然政界に登場し、日本を一気に好転させたカリスマ首相として、若い世代にも広く知られていたが、まさかこんな形で再会するなんて誰一人思っていなかった。

「ちょっと待って、もしかして……」

「悪魔党って、本物の悪魔だったの？」

人間たちの悲痛な叫びに、サタン橋爪は空から大声で答えた。

「だから、最初からそう言っていたではないか！」

結局解明されなかった、初当選後に与党の重鎮議員のカツラを取り去った出来事。あれは何のトリックを使ったわけでもなく、本当に悪魔だからできる離《はな》れ業《わざ》だったのだ。それに、悪魔党の初期メンバーの顔も、メイクではなく悪魔としての素顔だったのだ。また、彼らが最初からみんな、新人とは思えないほど演説もコメントも抜群にうまかったのは、人間をはるかに超越した頭脳を持っていたからだった。

「みんな、あんたのことを、本当は人間だと思ってたんだよ！」

「ちくしょう、だましやがって！」

人間たちの怒りの声に、サタン橋爪は反論した。

「だましてなどいるものか！　私は常に、自分が本物の悪魔だと言っていたのだぞ。西暦二〇九九年に悪魔がよみがえり人類を食い尽くす、そのスタート地点である日本の人間を活性化するために政治家になった。——全部正直に言っていたのに、なんで文句を言われなくてはならないのだ。そりゃ、我々以前の政治家は嘘ばかりついていたのかもしれんが、正直者の我々のことを、貴様らが勝手に嘘つきだと思い込んでいただけではないか！」

「いや、そりゃそうだけど……普通、嘘だと思うじゃん」

「貴様らの『普通』など、悪魔の知ったことではない」サタン橋爪がはねつけた。

すると人間たちは、ちらちらとこちらに目を向けながら、口を尖らせて抗議した。

「ええ〜っ、ちょっと待ってよ〜」

「あのさあ……いくら何でも、こういうオチって無しなんじゃないの？」

「そうだよ～。ここまでやってきて、最終的にこんなオチって、さすがに反則でしょ」

しかし、サタン橋爪は一喝した。

「ええい、黙れ黙れ！　こんなオチは無しだとか反則だとか、そんなことを言われる筋合いはないのだ！　序盤ではっきり宣言した通りのオチにして、いわばネタバレしていたにもかかわらず、終盤でちゃんと貴様らの裏をかいたということは、これはひょっとしたら史上初の、実に画期的などんでん返しではないか！　むしろ斬新だと褒めてほしいぐらいだ！　なのに、無しだとか反則だとか、そんな不平をたれる邪悪な人間どもは、全員食い尽くしてくれるわ！」

サタン橋爪は、こちら側の言い分を代弁した後で、かあっと口を開けて息を吸い込むと、抗議していた人間たちを次々と吸い上げて飲み込んでいった。人間たちは「ぎゃああっ」「助けてええっ」などと悲鳴を上げながら、サタン橋爪をはじめとする無数の悪魔たちに食い尽くされ、ものの数十分で地球上から絶滅してしまったとさ。おしまい。

ショートショート　宇宙人用官能小説

【注意】本作はとても過激な内容のため、十八歳未満のメセランボ星人の方は読むのをご遠慮ください。地球人なら、過激な描写を読んだところで意味が分からないと思うので、何歳の方でも読んで大丈夫です。


テブノは、自動操縦に設定した宇宙船のコックピットを出ると、隣のベッドルームで首を黒くして待っていたモゲリスに言った。

「お待たせ」

「もう、意地悪。せっかくの二人きりの宇宙旅行なのに、こんなに焦《じ》らすんだもん」

モゲリスは、横目遣いで、口を波打たせながら言った。

「管制船と通信してたんだ。でも、もう済んだから、いくらでも愛し合えるよ」

テブノはそう言ってベッドに腰掛け、モゲリスを優しく抱き収めた。そして、目を合わせて数秒見つめ合った後、モゲリスの左のメゲロンに、だしぬけに第七触手を巻き付けて締め込んだ。

「ああっ、いきなり、そんな……」

モゲリスは思わず、喘《あえ》ぎ声を漏らした。しかしモゲリスも負けじと、自らの第十八触手をテブノのソギロッタの隙間に差し入れ、下から上へと何度もかまし上げた。

「ん……ああ、すごくいいよ……」

吐息まじりに漏らしたテブノは、モゲリスのコスモウェアを下からたくし上げると、すでに十分もしゃもしゃになった、まるでメセランボ星の密林にたわわに実るホリナモッキの如《ごと》きズンベラーに、触角を一気に八本も這わせ、ぼそくちゃと音を立てて押し広げた。

「はっ……んんっ……ああっ……」

たまらず声を漏らすモゲリスの、ゆたゆたしいズンベラーの中心にまばゆく光るドソッポ。それを慈《いつく》しむように、三本の触角でこそげ落としたテブノは、まるで赤ん坊のように、どべるどべると音を立てて染め上げた。その色は、透明からやがて、ショゲリアの果汁のように変化していった。

「ほら、もうこんな色になった」

テブノが第四触手の先にそれを付けて見せると、モゲリスは顔を黄色くしながら、恥ずかしそうに言った。

「ねえ、ホッソレングスしよう」

「ああ、しよう」

モゲリスがここまで積極的に求めてくることに驚きながらも、悦《よろこ》びを感じたテブノは、自らもコスモウェアを脱ぎ捨てると、興奮ですっかりねじり巻かれたモッチョを露《あら》わにした。それを四本の触手と尾先で挟んだモゲリスは、まるでカンマー鳥の給餌《きゅうじ》のように激しく、それでいてしなやかに研《と》ぎ回した。

「おおっ……す、すごいよ……」

想像以上の研磨感に、テブノのモッチョは一気に分裂しそうになったが、呼吸を静めてどうにかそれを抑えると、お返しとばかりに、角の先でモゲリスのドソッポを、左から右、右から左へと、まるでコゲッパボールの選手のように、何度も執拗《しつよう》に揺りはぐらかした。

「んんっ……ふうっ……」

モゲリスは甘い吐息を漏らしつつ、テブノのモッチョを懸命にせせら繕《つくろ》った。しかし、テブノの角先の摩擦によって火照《ほて》りきったドソッポを、思いっ切りぽぽり回してほしいという誘惑に負け、日頃の貞淑《ていしゆく》ぶりが嘘のように、まるで夏の午後のザザマルの遠吠えのような声を上げた。

「ねえ、お願い……早く、ノソリンゴしてえっ」

「ああ、分かった」

テブノの方も、すでにプレッツォ腺から緑色の粉が吹き出さんばかりだったので、すぐに体勢を変え、モッチョの第五関節をささくれすり下ろした。そして、その先端を、モゲリスのズンベラーの第三コーナーと第四コーナーの間にあてがうと、もりっと音が立つほど細々と拝み倒した。そのかぐわしいベロゾが十分にかぶき揚げていることを確認すると、瞬く間にノソリンゴし、本能の赴《おもむ》くままに一気にぽぽり回した。

「んんっ……はあああっ……あああああっ」

モゲリスの快感が爆発した。テブノの尾びれが突っ張るたび、モゲリスの背びれは驚くほど簡単に四分割され、また戻るかと思ったらすぐに八分割された。モゲリスは我を忘れ、二十六本の触手すべてを、晩秋のホッシャコ海流に漂うソジョリッタと見まごうばかりに散大させた。しかしそれと同時に、触手の先でテブノのペペンゴをいさめぼかすことは忘れていなかった。

「おおっ……すごくいいよっ……ああ、ノガタる！　ノガタる！」

「一緒に……一緒にノガタろうっ」

テブノはモゲリスのはす向かいで、一心不乱に激しくぽぽり回した。じょじょより外していると言っても過言ではないほどにぽぽり回した。そして、とうとう大量のサンエルデーケーを、モゲリスのヨンエルデーケーにむせび和ませ、ダイニングキョッチェンしたのだった。

激しい情事の余韻で、二人ともものけぞりたわし合って、窓の外に広がる宇宙空間を眺めている中、ふとテブノが言った。

「今夜のモゲリスは、まるでメセランボ星の赤道直下みたいだったよ」

「え、どういう意味？」

「どちらも、チョゲレッセがはじけるでしょう、ってね」

「やだもう、上手《うま》いこと言って」

モゲリスは、淫靡な言葉遊びに照れ笑いを浮かべながらも、テブノの腹の羽毛に頰袋を埋めたのだった。（完）

【お詫びと訂正】作中に「まるで夏の午後のザザマルの遠吠えのような声を上げた」という表現がありましたが、読者の皆様もお察しの通り、正しくは「まるで冬の早朝のザザマルの無駄吠えのような声を上げた」でした。お詫びして訂正いたします。

三十年後の俺

それは、三学期が始まってすぐの、ある土曜日の出来事だった。

部活から帰宅して、庭先に自転車を停めていた俺に、後ろから誰かが近付いてきた。気配を感じて振り向くと、そこには中年のおじさんがいた。

「あ、やべえ」

おじさんは小声でつぶやいた後、「えっと、どうしよっかな」と、俺と周囲を見回しながらおろおろしていた。

「あの……誰ですか？」

俺は尋ねた。自宅の庭に知らないおじさんが侵入してきたのだ。本来ならもっと怒っていい状況だろう。でも、なぜか俺はそんな気にはなれなかった。そのおじさんからは、悪意や危険な気配がまったく感じられなかった。

それに、そのおじさんは、初対面のはずなのに、なんだか見覚えがあるような気がしてならなかったのだ。

「ああ、まあ、隠してもしょうがないか……」

おじさんはそうつぶやいてから告白した。

「俺は、三十年後のお前だ」

「ええっ？」

俺は驚いた。まさかそんなことがあるわけないだろ、と一瞬だけ思った。

でも、いや本当かもしれないぞ、とすぐに思い直した。

目の前にいるおじさんは、見れば見るほど、三十年後の俺だとしか思えなかった。それぐらい、特徴が俺とぴったり一致していた。離れ気味の目、小さい耳、ちょっと長めの鼻の下、やたらボリュームのある髪の毛……今の俺のパーツをそのままに、ちょうど三十年分老けさせた感じだった。身長も体形も、なで肩までほぼ一緒だ。

「タイムマシンが、もう一般の家庭にも普及しててさ」おじさんは語った。「発明されたのは七、八年前……じゃないか。この時代からだと二十二、三年後なんだけど、三十年後になったら、だいたいどこの家にもある感じなんだ。で、タイムマシンが故障したって母さんから電話があったから、実家に帰って修理してやってたんだ。三十年前まで戻れる機種だったんだけど、ちゃんと最高出力まで出るか試してたら、こっちの時代に来たところでバッテリーが切れちゃって」

未来の驚くべきテクノロジーの話をしているのに、話しているのが俺そっくりの普段着のおじさんだから、なんだか全然ありがたくない。

「あ、ていうか、こんなこと言っても、信じられないよな。何か証明するもの……も持ってないな。やばい、どうしよう」

おじさんは、ズボンのポケットを触りながら、またおろおろしてしまった。

「えっと、お前は原川光《はらかわひかる》で、西暦二〇〇二年十一月五日生まれで、だから今は高校二年生の三学期かな？　血液型はB型で、母親の名前が郁美《いくみ》で……あ、でも、これぐらいなら友達とかでも知ってるかもしれないか。えっと、あと何言えばいいかな……」

「いや、大丈夫」俺は、おじさんの話を遮って言った。「俺もう、信じてるから」

友達でも、俺の個人情報をこんなにすらすら言える奴はいない。何より、顔を見ればもう十分だった。俺がしっかり三十年分老けた顔をしているのだから。

「マジで？　だったら話が早いや」

おじさん――というか三十年後の俺は、ほっとしたような笑顔になった。

「ちょっと、家上がっていい？　タイムマシンの充電だけさせてもらいたいんだ」

三十年後の俺はそう言って、手に持った黒く平たい機械を指差した。

「え……それがタイムマシンなの？」

俺はその機械を見つめた。見た目は現代のタブレット端末とさほど変わらなかった。

「なんか、乗り物の形をしてるイメージだったんだけど」

「うん。これに移動したい『目的時』を入力すると、触ってる人がぱっと時間軸を移動するだけ」三十年後の俺は淡々と言った。「そういえば昔のSFでは、何かしらの乗り物に乗っていく感じだったよな。でも、実際作ってみたらこんなもんだったんだよ」

「今のコンセントで充電できるの？」

「ああ、それは変わってないよ。百ボルトの規格を変えちゃうと、それまでの家電が全部使えなくなっちゃうから、未来でもそんな大それた変更はしてない」

「ああ、そっか。……ていうか、タイムマシンが家電扱いなんだね」

「そうそう。原理が発見された時は大騒ぎだったし、発見した人たちは当然ノーベル物理学賞をもらったけど、まあ原理が分かっちゃえば、作るのがそれほど難しいわけでもなくて、いろんなメーカーから出るようになるよ」

「へえ〜」

相当驚くべき情報なんだろうけど、三十年後の俺があまりにも平然と語るせいか、こちらも淡々と受け止めてしまった。

「まあ、とりあえず上がって」

俺は玄関の鍵を開けて、三十年後の俺を招き入れた。

「おお、まだ実家が新しいなあ」

三十年後の俺はそう言いながら、日当たりのいいリビングへと上がった。

「じゃ、コンセント借りるね」

三十年後の俺は、現代でもよく見るタイプのアダプターを我が家のコンセントに差すと、まるで自分の家のように、というか自分の家なのだから当然、遠慮なく床にあぐらをかいた。そして、ほっとしたような口調で語った。

「いや〜、でもよかった。どうしようかと思ってたんだ。鍵も向こうに置いてきちゃったから、家にも入れなくてさ。——家の中で修理してたんだけど、三十年もタイムラグがあると、地球の公転軌道のずれとかの関係で、ちょっと離れたところに出てきちゃうんだよね。一応、どのタイムマシンにもその補正機能は付いてるんだけど、さっき俺が出てきたのは、そこの商店街の入り口のバス停のとこだったんだ」

「へえ〜、そういう感じなんだ」俺はうなずいた。

「で、ここまで来たんだけど鍵が閉まってて、どうしようかと思ったらお前が、というか俺が帰ってきちゃったから、なんか焦って、いったん隠れちゃったよ」

そこで三十年後の俺は、俺の顔をじっと見た。

「いや〜、そっか〜、三十年前の俺ってこんな感じか」

「あんまりまじまじ見ないでよ、恥ずかしい」俺は苦笑した。

「母さんは、仕事か」

「うん。土曜日だけど今日は出勤」

と答えたところで、俺は今さらながら気になって尋ねた。

「ていうかさあ、俺たちって、会って大丈夫なの？　なんか、過去の自分と会うと世界が破綻《はたん》しちゃうみたいな、そんなことってないの？」

「ああ、それはね、ＳＦの映画とかではそういう設定にしてたけど、実際は大丈夫なんだよ。バック・トゥ・ザ・フューチャーからかな、その設定は」

「ああ、バック・トゥ・ザ・フューチャー、この前ＢＳで見た。あれ面白いよね」

「俺も、初めて見たのはＢＳだったな」三十年後の俺が言った。

「そりゃそうだ」俺が笑った。

「そりゃそうだな」三十年後の俺も笑った。「まあ、あの映画は、そういう設定にすることで面白くしてたからな」

「面白かったよね、よくできてたよね」俺がうなずいた。「でも、あのパート2に出てきた未来って、二〇一五年なんだよね。今より五年も前なんだよね」

「そうそう。一九八五年と二〇一五年なんて、実際はあそこまでは変わらなかったからな。あの映画で描かれてた二〇一五年は、天気予報は秒単位で当たるし、車はみんな空飛んでたけど、実際は二〇一五年どころか、二〇五〇年になっても、天気予報は全然外れるし、車は普通に道路を走ってるからな」

「あ、そうなんだ」

「まあ、車は自動運転にはなってるけどな。二〇五〇年の子供たちなんて、人が車を運転してた時代を知らないぐらいだから」

「あ〜、そっか……」と、そこで俺は、また今さらながら気付いた。「あ、ていうかさ、こういう話もしちゃって大丈夫なの？」

「何が？」三十年後の俺が聞き返す。

「なんか、こんなに詳しく未来のことを聞いちゃったせいで、未来が変わっちゃってまずいことになるとか、そんなことはない？」

「それも大丈夫。ていうか、実際は変わらないんだよ」

三十年後の俺が、手ぶりを交えて説明した。

「簡単に言うと、タイムマシンで過去に行って、そこの時代の人と接触しても、また未来に帰って行った瞬間に、何もなかったことになるの。極端な話、今から俺が人を殺しまくっても、タイムマシンで帰った途端にその前の時間に戻るから、何も起きなかったことになるの」

「そういうことになるんだ……」

きちんと理解できてはいなかったが、俺はうなずいた。

「お金を盗んでも、戻ったらポケットには何も入ってない。万馬券を当てることはできるけど、そのお金も未来に戻ったら消えてなくなっちゃう。——タイムマシンがもしあったら何をするかっていう質問で、過去に戻って万馬券を当てて大金持ちになるっていうのは、ベタな答えの一つだったと思うけど、実際に発明されたらそれは不可能だったんだ」

三十年後の俺の説明に、俺はうなずいていたが、ふとそこで、怖い想像が浮かんだ。

「あれ、ちょっと待って。じゃあ俺はこれから、あなた……というか、未来の俺が帰ったと同時に、この世から消えちゃうってこと？」

「ああ、いや、そういう考え方じゃないんだな」未来の俺は首を振った。「お前、というか俺……う～ん、呼びにくいな。まあ、とにかく光は、さっき学校から帰ってきて、一人で家に入った。ただそれだけになるんだ。俺が帰ったと同時に光が消えるっていうより、俺が帰ったと同時に、俺と接触する前の時点に戻されるって感じかな。もちろん、俺と会った記憶も存在しない状態でね」

「う～ん……なんか難しいな」俺は首をひねった。

「まあ、そうだよね。ぴんとこないよね。俺だって最初はぴんとこなかったからね」

三十年後の俺が、同情するようにうなずいた。

「だからまあ、逆に言うと、未来の話だっていくらでもしちゃって大丈夫だから、何でも聞いていいよ。どうせ俺が帰った瞬間に、全部忘れちゃうから」

「ああ……そう言われると、何も聞かないのももったいないな」

俺は少し考えてから、ちょっと緊張しながら尋ねた。

「えっと、俺、千葉大受かる？」

「ああ、受かるよ」

「おお、うれしい！」

俺はガッツポーズをした。その様子を見て、三十年後の俺が言った。

「笑った顔とか、豊《ゆたか》に似てるんだな」

「豊って？」

「ああ、俺の息子」

「おお、結婚してるんだね、俺」

ここまでの人生で一切モテていない俺は、とりあえずほっとした。

すると、そんな俺の顔を見て、三十年後の俺が意味ありげな笑みを浮かべた。

「相手は……言わない方がいいか」

「えっ、ちょっと待ってよ、気になる」

俺はそう言いながら、ふと最高の想像をした。

「え、もしかして……いやいや、さすがにそれは……」

自分の想像に照れながら首を振った俺に、三十年後の俺が声をかけてきた。

「一応、言ってみれば？」

そこで俺は、顔がにやけるのを抑えつつ、小声で言った。

「浜野《はまの》、友梨香《ゆりか》さん……」

「正解！」三十年後の俺は即答した。

「やった！　やったやったやった！　やったあああ！」

俺は狂喜した。思わず立ち上がって跳ね回って、五回連続でガッツポーズをして、五回目で危うく窓ガラスを割りそうになったけど、それぐらいの喜びだった。可愛くて性格もいいクラスのアイドル、あの浜野友梨香さんと将来結婚できるなんて、こんな最高の未来予知はなかった。

「おお、喜んでるねえ」三十年後の俺が笑う。

「最高じゃん俺の人生、もうこれだけで何もいらないわ！　あ～うれしい！」

俺は万歳の格好のまま、日当たりのいい窓際の床に寝転んだ。

「いやあ、俺も教えられた感があるな。大好きだった人と結婚できたんだから、それだけで十分なんだな」三十年後の俺は、部屋の中を見回しながらしみじみと言った。「この家もちゃんとあるし、母さんも元気だし、それで十分なんだよな……」

「母さん、未来でも元気？　口うるさい？」

俺の質問に、三十年後の俺は苦笑しながらうなずいた。

「うん。もっと口うるさくなる」

「マジかよ～、仲良くやっていける気がしないよ」俺は顔をしかめた。

「まあ、離れて暮らすようになると、あんな母親でも恋しくなるもんだよ」

三十年後の俺は、しみじみと語り始めた。

「俺もさあ、今になって母さんのこと尊敬してるよ。友梨香と二人で子育てするのも苦労は多いのに、母さんは俺が二歳の頃から、これを一人でやったんだなあって。だから大事にしなきゃだめだよ……なんて話をしても、どうせ俺が帰ったら忘れちゃうのか。まあ、いずれ親孝行することになるよ。この家のトイレと風呂を改築したりとかね」

「へえ……でも、友梨香って呼び捨てできるようになるのか～」

俺はまたにやけながら言うと、三十年後の俺が苦笑した。

「ああ、お前の関心はやっぱそっちか。母さんのことなんて二の次か」

「そりゃそうだよ。だって俺、今はまだ浜野さんに片思いしてるだけだよ。同じクラスなのにほとんど喋ったこともないよ」

「あ、そっか。この時点だと、まだそんな感じか。勇気を出して話しかけるのは、もうちょっと後か……」

その言葉を聞いて、俺はぴょんと起き上がった。

「話しかけるのか！　勇気を出して話しかければいいんだな！」

「当たり前だろ」三十年後の俺が笑った。「ていうか、別に俺なしでも、もうちょっとでその結論に達するんだけどな」

「あ、そっか……。すげえな俺、たいしたもんだ」

俺は、自画自賛と捕らぬ狸《たぬき》の皮算用の合わせ技のような気持ちでうなずいた。

するとそこで、三十年後の俺が静かに言った。

「そんなに好きな相手なんだから……絶対に浮気しちゃダメだぞ」

俺は、二秒ほど間を置いてから聞き返した。

「え……もしかして、浮気すんの？」

「いや、しないよ、するわけないじゃん」三十年後の俺が首を振った。

「ああびっくりした。そりゃそうだよね。俺なんかが、あんな可愛い子と結婚できるんだもんね」

「そうそう。だから絶対に浮気はダメだ。絶対にな」

三十年後の俺の、妙に真剣な口ぶりに、俺はまた疑問を抱く。

「……え、やっぱ浮気するんじゃないの？」

「いや……しないって」

「だったら、なんでそんなに念を押すの？　あんたがしてないんだったら、念を押さなくたって、俺も絶対にしないんだからさあ」

「あ……そうだな。ごめんごめん、俺もよく分かんなくなってた」

「なんか怪しいな。本当はしちゃうんじゃないの？」

「いや、しないしない」

三十年後の俺は笑いながら否定したが、やっぱりちょっと怪しく見えた。でも、浮気できるってことは、結婚後もモテるってことか——。浜野さんには悪いけど、それはそれでちょっと楽しみかもしれない。

「まあでも、三十年じゃそんなに変わらないかと思ったけど、家の中見てみると、やっぱり結構違うな」三十年後の俺が話題を変えた。「まず、テレビが置かれてるもんな」

「えっ、テレビなくなるの？　今もテレビ離れが進んでるなんて言われてるけど」

俺が尋ねると、三十年後の俺が首を振った。

「ああ、そういうことじゃなくて、テレビ台に置かれてるのが懐かしいってこと。三十年経つと、みんな壁に貼ったりしてるし、母さんなんて洗濯ばさみでぶら下げてるもん」

「テレビを洗濯ばさみで？」俺は目をむいた。「そんな丈夫な洗濯ばさみがあるの？」

「逆だよ！　テレビが薄くなるんだよ」三十年後の俺が笑った。「あと二十年ぐらいしたら、ディスプレイって紙ぐらい薄く、しかも丈夫になるのね。だから、スマホもテレビもパソコンも、全部ペラッペラになるの。パソコンとかスマホなんて、逆に薄すぎて持ちづらいから、プラスチックの板とかに貼ってる人もいるぐらい。で、母さんは、部屋干しのスタンドに洗濯ばさみでぶら下げてるの」

「へえ〜、すげえ」俺は感心しながら、自分のスマホをポケットから取り出した。「これがそんなに薄くなるのか」

するとと未来の俺が、それを指差してうれしそうに笑った。

「あ〜、そうそう。スマホってこんな分厚かったよな。しかも画面割れちゃうのな」

現時点では最先端のスマホが、小馬鹿にされて笑われている。このスマホに感情があったなら、さぞや屈辱的な気分だろう。

「あ、未来のスマホ見るか？」

三十年後の俺が、そう言ってポケットに手を入れた。

「おお、見たい見たい！」

俺は大きくうなずいた。しかし三十年後の俺は、しばらくポケットを探った後で言った。

「あ……ごめん、あっちの時代に置いてきちゃった」

「ありゃ、残念」

「薄くて軽くて丈夫になる代わりに、どこかに置き忘れた時はなおさら見つからなくなるんだよ。書類の間とか、ソファの隙間とかに挟まったりしてな」

「すげえ、二〇五〇年あるあるだ」俺は感心した。「いや～、聞けば聞くほど面白いわ。未来の話もっとちょうだい！」

「う～ん、あと何があるかな……」

三十年後の俺は、俺のリクエストに応えて、しばらく考えた後で答えた。

「あとは、最近の、ていうか二〇五〇年の大きなニュースでいうと、永田《ながた》結衣《ゆい》と福島《ふくしま》蒼也《そうや》の泥沼離婚ぐらいかな」

「えええ～っ⁉」

現在の若手俳優の中でもトップの人気を誇る男女の名前を聞いて、俺は今日一番の大声を出してしまった。窓際で叫んで近所迷惑にならなかったかと一瞬気にしたが、外に人通りはなかった。

「ていうかまず、あの二人が結婚してるの？」

「ああ、そうそう。今から二、三年後ぐらいに結婚するんじゃないかな」

「今、二人ともメチャクチャ人気あるよ」

「だよな。この時代は二人とも、若くてきれいな顔してたもんな。三十年後はしっかりおっさんとおばさんになってるけど。——人気絶頂の時に結婚して、傍目《はため》からは何の問題もなく順調にやっていくんだよ。でも実はずっと仮面夫婦だったらしくて、二〇四九年に離婚を発表して、そこから離婚裁判したり、互いに暴露本を出して、相手の性癖とか浮気のことまでばらし合って、もうすごいことになるんだ」

「へえ〜」俺は興奮しながら何度もうなずいた。「永田結衣と福島蒼也がねえ。全然想像できないや」

テンションが上がっている俺の様子を見て、三十年後の俺がにやりと笑った。

「やっぱ、こういう下世話な話題が一番面白いか」

「まあ、そうなっちゃうかな」俺がうなずいた。

「じゃあ、有名人の名前をどんどん言ってもらって、俺が未来を答えていくか」

「おお、それ超面白そう！　さすが俺、俺の好みをよく分かってるな〜」

そこから俺は、現代の美人女優の名前を矢継ぎ早に挙げていった。

「え〜っと、じゃ、樫本杏奈《かしもとあんな》は？」

「あいつと結婚する、西沢翔《にしざわしょう》」

「ええ、すげえ、ビッグカップルじゃん！　じゃ、長川《ながかわ》まなみは？」

「長川まなみは、映画監督と結婚するんだよ。えっと……」三十年後の俺は上を向いて思い出している様子だった。「テンドウ……ああ、ちょっと、下の名前は出てこないけど」

「テンドウ監督か……。まあたぶん、今の俺は知らない人だよね」

「そうだな。割とアート系の映画を撮る人だからな、たしか」

「じゃ、亀有《かめあり》はるかは？」

「ああ、亀有はるかは、お笑い芸人の、誰って言ったっけ……」三十年後の俺は、しばし遠くを見つめてから思い出した。「そうだ、カーテン鈴木って奴と結婚するんだ。でも、カーテン鈴木はまだ知らないよな？」

「全然聞いたことない」俺は首を横に振った。「でも、あの亀有はるかと結婚するってことは、もうすぐ売れる芸人ってことか」

「いや、それが違うんだ。カーテン鈴木は、売れてもなければ面白くもないんだよ」

「えっ、そうなの？」

「たしかカーテン鈴木は、亀有はるかの家の近所のスーパーでバイトしてて、客と店員の立場から交際に発展したとか、そんな馴《な》れそめだったんだよ。で、結婚してすごい注目されるんだけど、トークもネタも全然ダメで、逆玉とか格差婚の極みなんて言われて、ヒモ扱いされて……でも、なんだかんだで三十年後も離婚してないし、たしか子供もいるし、鈴木もおっさんになって正月のネタ番組とかで面白くない漫談やってるし、あれはあれで幸せなんだろうな」

「へえ、そうなんだ〜」

スーパーのバイトの立場から一流女優と付き合って結婚するなんてすごいことだけど、クラス一の美人と最終的に結婚できる俺もなかなかのものだ。そう考えるとカーテン鈴木は、俺の同志ともいえるだろう。近い将来、陰ながら応援してやろうと思った。

「じゃあ、町岡奈美《まちおかなみ》は？」

俺は若手美人女優の名前を挙げた。すると、三十年後の俺の顔つきが変わった。

「あ……そうか、この時はまだ健在なのか」

三十年後の俺は、少し間を置いた後で告げた。

「あと三年ぐらいしたら、覚醒剤で捕まる」

「マジかよっ！」

「たしか、捕まった時点でもう中毒になってたらしいから、もうそろそろやり始めてる頃じゃないかな」

「うわあ、一番びっくりだわ。清純派って感じなのに！」

「まあ、三十年経っても芸能人はクスリ大好きだよ。やっぱ金があるから、一般人じゃ買えない量を買って、中毒になっちゃうんだな」三十年後の俺は腕組みして言った。「川尻《かわじり》エリナって、もう捕まってるっけ」

「ああ、もう捕まってる」俺はうなずいた。

「じゃあ、俳優の岡沢良樹《おかざわよしき》は……」

「ええっ、あいつもクスリやんの⁉」俺はまた驚いた。

「うん、やるやる。しかもあいつはなかなかやめられなくて、三、四回捕まる」

「うわ〜、マジか！」

興奮状態の俺を見て、三十年後の俺がにやっと笑った。

「しかしまあ、未来のテクノロジーの話とかより、過去に戻った時に一番盛り上がるのはこういう話題かもな」

「うん、間違いないよ」俺は強くうなずく。

「次から過去に行く時は、不祥事を起こした有名人をリストアップしておこうかな……」

三十年後の俺はそう言いながら、リビングの隅に目をやり、ぱっと指差した。

「あ、ていうかそれ……プレステの、4か！」

「ああ、そうだよ」

「お〜、俺にとっちゃレトロゲームだよ。懐かしいなあ」

「あ、この時代のパワプロやる？」

俺が、二〇一八年版の『実況パワフルプロ野球』を指して言った。

「あ、パワプロか。やろうやろう！」

三十年後の俺はうれしそうにうなずいたが、いざ俺が準備をし始めると、コントローラーを見て不安そうに言った。

「あ〜、でも、このコントローラー久しぶりだからな、うまくできるかな」

「え、コントローラーも変わるの？」俺が尋ねる。

「コントローラーは、未来のゲームではほとんど使わないな。頭にバンドを巻いて、脳波で操作するようになるから」

「うわ〜、すげえ、未来っぽい！」俺は感激した。

「まあ、未来だからな」三十年後の俺は笑った。「だから、このコントローラーも久しぶりだわ。どうやるんだっけ……」

「まあ、やってるうちに思い出すでしょ」

そう言いながら、俺が電源を入れて、試合の画面まで操作していくと、三十年後の俺が、選手たちの名前を見て声を上げた。

「うわあ、すげえ、監督とか解説者だらけだよ！」

「あ、そっか、そうだよね」

「あと、将来タレントになる奴も、犯罪者になる奴もいるな」

「ええっ、マジで？」

それからしばらく、試合を始めもせず、各チームの選手の名前が並んだ画面を見ては、三十年後の話で盛り上がった。どの選手がどの女子アナと結婚するとか、そのあと離婚するとか、引退後にタレントになるけど脱税で捕まるとか、引退後に解説者になるけど女性スタッフと不倫して干されるとか、この選手はすごい成績を残すけど監督としてはダメだったとか、この選手はたいした成績を残さないまま引退するけど名監督になるとか、話題は尽きなかった。あと、チーム名もいくつか変わるらしいけど、未来のチーム名を聞いたところで、その新しい親会社の名前はまだ聞いたこともないところばかりだったので、その話題はそれほど盛り上がらなかった。

で、試合が始まると、三十年後の俺はすっかり操作を忘れていた。

「あれ、バッティングが×ボタンだっけ？」

「え、そんなことも忘れてるの？」

「だめだ、全然忘れてる」

「中学から高校にかけて、結構ハマってるんだけどね」

「まあ、やっぱ三十年経つと忘れるな。たまに子供たちとゲームやることはあったけど、ここ何年も脳波で操作しちゃってたからさ。うちの豊と洋子《ようこ》なんて、コントローラーを握ったことがない世代だから」

「ていうか……豊と洋子って、子供の名前、ちょっと昔っぽくない？」

俺がふと気付いて言うと、三十年後の俺が返した。

「ああ、三十年後はむしろ、そういうシンプルな名前が流行るんだよ。キラキラネームなんて言われてた世代が親になっていくにつれ、逆に自分の子供は、漢字で書いても一発で読まれる名前にしたいと思って、シンプルになっていったんだ。まあ、時代は繰り返すってやつだな」

「そっか〜。俺の光っていう名前も、たまに古臭いとか言われるけど……」

「むしろ三十年後は、光は男女両方で人気の名前ランキングの上位だよ」

「へ〜、そうなんだ」

そんな話をしながら、パワプロの試合をゆるゆると進めてみたけど、二回が終わった時点でもう八対〇になってしまった。三十年後の俺は、送球も走塁も、ボタン操作をすっかり忘れていた。

「あちゃ〜、こりゃもうコールド負けだな」三十年後の俺が額を押さえて笑った。

「なんか、他のゲームのがいいかな？」

俺は気を使って言ったけど、三十年後の俺は苦笑しながら返した。

「いや、もう、どのソフトをやっても思い出せない気がする」

「そっか、そうだよね。パワプロを思い出せなかったんだもんね」

そこで、少し沈黙が訪れた。三十年後の俺が、その沈黙を破って言った。

「どうする？　なんか、他のことやるか。勉強とか見てやろうか」

「ああ……でも、どうせ未来に帰っちゃった時点で、俺は何も覚えてないんでしょ？」

「あ、そっか。ごめん、意味ないよな。俺が間違ってたわ」三十年後の俺は頭をかいて笑った。

「じゃあ勉強なんてしてもしょうがないよ。せっかくなんだからもっと喋ろうよ」

俺はそう言って、タイムマシンのアダプターが差し込まれたコンセントを見た。

「充電は、まだかかるよね？　充電が終わったら帰って行っちゃうのが残念だよ」

「ハハハ……なんか、俺自身に言われてても、ちょっとうれしいな」

そう言って三十年後の俺は、目尻を指で拭った。

「えっ、ちょっと泣いてる？」俺は驚いて言った。

「いや、なんか……ノスタルジーというか、いろんな感情が混ざったのかな。あとはまあ、単純に年取って涙もろくなってるな」

三十年後の俺は、泣き笑いのような表情で俺を見つめて言った。

「まあ、苦労も色々あるけどさ、好きな人と結婚もできるし、いい人生だから、安心していいぞ」

「よかった、うれしい」俺は笑い返した。「まあ、そのこともどうせ、忘れちゃうんだけどね」

「それでいいんだ。今日のことは全部忘れるけど、結局お前は幸せに生きられるからな」

そう言われて、なんだかジンときて、俺もちょっとだけ泣きそうになる。でも、二人の俺が並んで泣いているのも気持ち悪いと思ったので、俺は泣きそうになったのを悟られないようにしながら話題を変えた。

「あ、『みんなのゴルフ』ならできるんじゃない？　これなら操作も難しくないから」

「ああ、みんなのゴルフ、久しぶりだな……」

「よし、じゃ、みんゴルやろうか」

俺がそう言って、プレステ4のソフトを替えようとした時だった。

「ただいま〜」

玄関から、母さんの声がした。

「あ、やばい……」三十年後の俺が、玄関の方を見てつぶやいた。

「え？　やばくないでしょ。だって若い頃の母さんに会うだけでしょ」俺は笑った。

「あれ、お客さん来てるの〜？　革靴あるけど」

母さんがそう言いながら、玄関からリビングに向かってきた。

三十年後の俺は、さっと立ち上がり、急いで充電のアダプターを抜くと、タイムマシンを小脇に抱えた。

「あ、もう充電できたの？」俺が尋ねる。

「うん、もう大丈夫……」

三十年後の俺がうなずいたところで、母さんがリビングに来た。そして大声を上げた。

「はあっ？　ちょっと、なんであんたがいるの！」

「ごめんごめん」

三十年後の俺は笑いながら母さんに謝って、さっと横を通り抜けると、俺を振り向いた。

「じゃあな光、帰るから、達者でな！」

「え、いいじゃん、もうちょっと話しても……ほら、若い頃の母さんと」

俺は母さんを指差しながら言ったけど、三十年後の俺は足早に玄関へと去ってしまった。

「ちょっと……待ちなさいよあんた！」

母さんが玄関の方を振り向いて、なおも怒った声を上げる。

「いや、そんなに怒ること？」

俺は母さんをなだめながら、ふと気付いた。

「ていうか、母さんすごくない？　あれが未来の俺だって、すぐ分かったの？」

「はあ？」

「いや、未来の俺がこんなところにいるから、びっくりして、なんであんたがいるのって言ったんじゃないの？」

「何言ってんのあんた……」

母さんは、顔をしかめながら首を傾《かし》げ、玄関の方を指差して告げた。

「あいつ、あんたの父親」

「……ええっ？」

俺は思わず声を裏返した。そこで、バタンと玄関のドアが閉まる音がした。

＊

「あんたねえ、だまされすぎだから」

俺が一部始終を説明すると、母さんは心底呆れたような顔で言った。

「まったく、こんなことじゃあんたの将来が不安になるわ」

「でも、顔が似てたから、本当に年取った俺なのかと思って……」

「馬鹿だねえ」母さんは苦笑した後、俺の顔を見つめて言った。「でも、たしかに顔は、どんどん似ていってるわ。嫌になるぐらいね」

母さんはため息まじりに言ってから、父さんへの愛憎を一気に吐き出した。

「まあ、あの人は本当に口が達者で、ほぼそれだけで生きてきた人だからね。昔から、しょっちゅう仕事辞めるのに、次の仕事もすぐ決まるの。人に気に入られるのは早いんだよね。離婚してから何回か養育費が止まってるのは、相変わらずしょっちゅう仕事辞めてるからだと思う。今は払われてるし、たぶん生活はできてるんだろうけど。――人たらしって、ああいう人のことをいうんだろうね。たしかに結婚するまでは魅力的な人だと思ったけど、一緒に暮らして子供を育てていけるかってのは別問題だったんだよね。まあ結局は、あんたが二歳の時に、あっちが別の女作って出て行ったんだけど」

「あ、そうだったんだ……」

母さんからは、別れた父さんの話はほとんど聞いたことがなかった。もちろんこの話も初めて聞いた。——ただ、そういえば、三十年後の俺のふりをしていた父さんは、浮気はダメだとやけに念を押していた。そういうわけだったのかと腑《ふ》に落ちた。

「それにしても、馬鹿なことするわ、あいつ」

母さんは苦々しい顔で言うと、部屋の中を見回した。

「まさか、こっそりお金とか盗ってないよね？　念のため警察に電話しよっかな、思いっきり不法侵入だし」

「ええっ、それはやめてあげて！」俺は思わず声を上げた。「悪い人じゃなかったし、それに……俺も、うれしかったし。父さんに会えて」

「喜んでんじゃないよ、あんな馬鹿に会えたからって」母さんがため息をつく。

「分かってるよ、父さんが馬鹿なことぐらい」俺は苦笑しながら言った。「超馬鹿だよ。普通こんな嘘つく？　父親だって正直に言ったら、俺が嫌な顔すると思ったのかな？　別に俺は、それでも普通に喋ったのに……」

と、そこまで口にしたところで、俺は気付いた。

じゃあ、今日突然あの人が来て、「実は俺はお前の父親なんだ」と正直に言われたとして、あんなに話が盛り上がっただろうか――。まずそんなことはなかっただろう。たぶん、「あ、どうも、お久しぶりです」なんてよそよそしく返すだけで、家にも入れなかっただろうし、ゲームなんて絶対にやらなかっただろうし、まして恋愛の話なんて絶対に絶対にしなかっただろう。

一度のチャンスで、生き別れた息子となるべく深い話をしよう。――父さんはそう考えて、馬鹿なようで実はすごく緻密《ちみつ》な、あの作戦を立てたんじゃないか。本当はパワプロもろくにやったことがないのに、一緒にゲームをしながら少しでも長い時間、話をしようとしていたんじゃないか。

ただ、それにしても、志望校の千葉大学に受かるというのも、片思い中の浜野さんと結婚できるというのも、それに芸能人の未来の話も、全部嘘だったというのはショックだ。ぬか喜びだと分かってがっかりしたのと同時に、よくもあんな口から出まかせをぽんぽん言い続けられたものだと感心してしまった。――そういえば、父さんは長川まなみの結婚相手の名前を思い出す時に「テンドウ……」と言いながら天井を見ていたし、亀有はるかの結婚相手の「カーテン鈴木」を思い出す時に、窓際に座る俺より遠くの方、すなわち俺の背後のカーテンを見ていた。目に入った物からとっさに連想して、適当な人名を作っていたのだろう。

「たしかに母さんには合わなかったのかもね、あんなちゃらんぽらんな人じゃ……。でも俺は、やっぱり会えてよかった」

そんなつもりはなかったのに、気付けば俺は涙ぐんでいた。そこで、父さんも俺と話しながら、急に涙ぐんでいたことを思い出した。きっと父さんも、大ボラを吹き続けながら、俺の成長した姿を見て感極まっていたのだろう。

「まったく、だまされすぎだし、お人好《よ》しすぎだし……本当にあんたの将来が心配だよ」

母さんも、涙声でそう言ってから、台所に行った。

*

二〇二〇年、高校二年生の一月に会った「三十年後の俺」が言っていたことは、嘘ばかりだった。彼の予言は何もかも外れていた。

そもそも、あの時期にはまだ大して話題になっていなかったウイルスによって、学校が突然休みになり、世の中が大変なことになることすら全然予知できていなかったし、俺がクラスのアイドル的存在の浜野さんと付き合うことだって、結局できなかった。ほとんど話しかけることすらできないまま、三年生になってクラスが別れ、それっきり会うことはなかった。高校卒業後十年目に開かれた同窓会で、浜野さんはもう結婚して子供もいるらしいと、人づてに聞いた。

母さんも、三十年後までは生きてくれなかった。あれから二十七年後、すでに進行した状態の癌《がん》が見つかって、一年も経たずに逝《い》ってしまった。本人の希望通り、苦痛の少ない最期を選んだし、ちゃんと看取《みと》ることもできたけど、「三十年後の俺」が言っていたように、実家のトイレと風呂を改築してやるような親孝行はできずじまいだった。今はもう、その実家すらない。母さん自身が、最後の後始末に売却してしまった。

そもそも、その「三十年後の俺」を装っていた父さんが、母さんの三年前にこの世を去っていた。それも、母さんから別の話のついでに「そういえば、あんたの父さん亡くなったって」と、ひどくあっさり聞かされただけだった。結局、高校二年生の一月のあの日以来、父さんとは一度も会えなかった。会えばきっと母さんの機嫌は悪くなっただろうけど、もう一度ぐらい会ってみたかった。

俺は、第一志望の千葉大学にも落ち、第二志望の大学に入った後、IT系の中小企業に就職した。そこである程度出世した頃、取引先の会社に勤めていた五歳下の亜由美《あゆみ》と結婚した。その翌年に生まれた長男に、俺は「豊」という名前を付けた。亜由美は「ちょっと古臭くない？」と難色を示していたが、俺は「時代は繰り返すって言うし、たぶんこれからこんな名前が流行ると思うんだ」と説得した。「未来から来た俺が言ってた名前を付けたいんだ」なんてことはもちろん言えなかったけど、豊の成長を実感しながら過ごす日々は、かけがえのないものだった。俺はそんな毎日が、十分幸せだと思っていた。

ところが、亜由美は違ったらしい。

亜由美は、生涯のパートナーが俺であることに、どうしても満足できなかったようだ。豊がまだ言葉も話せない時期に、一方的に離婚を切り出された。もちろん俺は、頑張って食い下がったし、説得もしたけど、彼女の気持ちは変わらなかった。結局、離婚届にサインをして、俺が出て行くことになった。

月に一回、豊と面会し、豊が大学を卒業するまでは養育費を払う——そんな約束だった。ところが一年も経たないうちに、養育費はもういらないと言われた。亜由美が再婚したのだ。再婚相手は、彼女の職場の上司だった。実は俺と結婚していた頃から不倫関係にあったようだと、俺と亜由美の共通の知り合いである俺の同僚から聞かされた。今からでも裁判をすれば、それなりの慰謝料を取れるんじゃないか、とも言われた。

でも、そこまでする気にはなれなかった。豊の幸せのためにはするべきでないとも思った。「父親が二人いると豊が混乱するから面会に来ないでほしい」という亜由美の頼みも聞き入れた。俺としては不本意だったが、豊の気持ちを考えればそうすべきだとも思えた。母親と新しい父親のもとで、豊が幸せになれるならそれでいい。そう思って自分の気持ちは押し殺した。押し殺したまま十年以上が経った。「だまされすぎだし、お人好しすぎだし、あんたの将来が心配」——母さんがあの日嘆いていた言葉こそが、最も的中していたのだと、今なら分かる。

結局、タイムマシンは、いつまで経っても発明されなかった。もしタイムマシンがあったら戻りたい時点はいくつもあるけど、発明されていないのだから叶《かな》うはずもない。俺の三十年後は、あの頃の理想とは程遠かった。

あいつが言っていたことは、何もかもでたらめ——のはずだった。

でも、そうじゃなかった。

やっぱり、タイムマシンは存在したのだ。

三十年後の俺は、あの通りの行動をすることになったのだ——。

そういうわけで俺は今、とある一戸建ての家の近くの、電柱の陰に立っている。その家に、学校のジャージを着て自転車に乗った、中学二年生の男子——豊が帰ってくる。あの時の俺と年齢は違うが、状況は同じだ。

俺は歩き出して、平然と家の敷地に入る。自転車を停めた豊は、気配を感じてこちらを振り向く。

下調べはしていたが、やはりその顔は、笑ってしまうぐらい俺に似ていた。

「えっ……誰ですか」豊が言った。

「ああ、えっと……まあ、隠してもしょうがないか……」

ここから俺は、一世一代の芝居をする。

「実は俺は、三十年後のお前、豊なんだ」

「ええっ？」

豊は、俺そっくりの離れ気味の目をまん丸くして驚いた。

「でも、そんなこと言われても信じられないよな。えっと、お前の名前は中本《なかもと》豊で、西暦二〇三六年一月六日生まれで、血液型はO型で、母親の名前は亜由美で……なんて、これぐらいなら友達とかでも知ってるかもしれないしな。えっと、あと何を言えば信じてもらえるかな……」

「いやいや、すげえよ、もう十分だよ！」豊は笑顔になった。「なるほど、おじさんどこかで見たことあると思ったけど、そっか、俺だったのか〜。たしかに、老けてはいるけど、顔がそのまんま俺だもんな〜」

あの時の俺より三歳下とはいえ、豊はずいぶんあっさりだまされてしまった。計画通りなんだけど、親としてはちょっと心配になる。

「タイムマシンのバッテリーが切れちゃって、ちょっと充電させてもらえないか？」

「ああ、いいよ、上がって上がって。……ていうか、タイムマシンってそんな感じなんだ。乗り物じゃないんだ」

「そうそう。実際に発明されてみたら、結構小さかったんだよ」

俺は家に上がり込む。他の家族がこの時間は不在であることも、事前に調べてある。

「いや～すごい、三十年前の実家だ……。うわっ、懐かしい。プレステ10じゃん！」

「そっか、プレステ10が懐かしいんだね～。あ、じゃ、この時代のパワプロやる？」

「おお、やろうやろう」

豊がスイッチを入れて操作する。その画面に映った選手たちの名前を見て俺は言う。

「うわ～、すげえ！　監督とか解説者がいっぱいいるよ」

「あ、そっか、そうなるよね～」

それから俺は、涙声になるのを、コントローラーを握る手が震えるのを、必死に抑えながら豊と語り合った。受験のこと、好きな人のこと、将来のこと――。

ショートショート　AI作

大学の正門を出たところで、私はタクシーを拾った。

「千代田《ちよだ》ホールまで」

行き先を告げ、料金を支払う。時計を見ると十二時過ぎだ。午後の講演会の入り時間は十二時半。ぎりぎり間に合うかどうかだろう。まあ、多少遅れたところで責められることはない。先方にとって私は大事なゲストなのだから。

昼食は、弁当でも用意してもらえるはずだ。豪華なケータリングだったら嬉しいが、今日の講演会は企業ではなく自治体の主催なので、そこまでの豪華さは期待できないだろう。講演料もあまり高くなかったと記憶しているが、金で仕事を選ぶと思われたくもないし、こういう公的な講演会にも時々出ておいた方が箔《はく》が付くのだ。

話す内容はまだちゃんと決めていないが、いつも通り、日々の仕事の話と、今後の展望の話でも適当にしておけばいいだろう。それだけで、一般庶民の感覚からすれば十分高額な報酬をもらえるのだ。それこそ、このタクシー運転手の何日分もの労賃になるだろう。

彼らに比べれば私はよほど恵まれている。もちろん、明晰な頭脳と才覚がある上に、日々研鑽《けんさん》と努力を重ねているのだから、恵まれていて当然なのだが——。

なんて、とりとめもなく考えていた時だった。ふいに運転手が声をかけてきた。

「すみません、早乙女《さおとめ》祐介《ゆうすけ》先生ですよね？」

「ああ、はい……」

私は、バックミラー越しに運転手を見ながらうなずいた。若い女性に気付かれた時は、もう少し嬉しくなるものだが、同年代の中年男に気付かれても嬉しくはない。

「僕、先生の小説の大ファンなんです。もう、どれから挙げていいやら」運転手は興奮気味に語り出した。「ミステリー、ラブストーリー、歴史物、SF……本当に多才ですよね。全部のジャンルで、とても面白い小説を書かれる、今や日本一の作家さんだと思います」

「ああ、どうも……」

私は苦笑しながらも、もしかしたら誤解されているかもしれないと思い、遠慮がちに切り出した。

「ただ、ああいった小説は、私が書いたというよりは……」

「ええ、もちろん分かってます」運転手はうなずいた。「先生が開発なさった、AIが書いたんですよね」

「あ、はい……」

その通り。運転手は誤解していたわけではなかった。

私は小説家ではない。コンピューターの研究者である。

私は、ＡＩ開発に革命的な技術革新をもたらしたと言われている。まあ正確には、先人たちの研究の積み重ねの上に私の成果があったのだが、そんなことはこの国の九十九パーセント以上を占める無知な人々には分からないので、まるで私一人が革命的な発明をもたらしたように思われている。もっともそのおかげで、テレビ出演や今日のような講演など、小遣い稼ぎの機会に恵まれているのだが。

私が開発したＡＩは、改良を重ね、今では一日に十冊ほどの小説を自動的に作成できるようになった。それもジャンルを問わず、大長編から短編集まで、人間側の注文通りに自在に執筆できる。たとえば出版社から「感動的な恋愛小説の全五話の短編集」とか「気軽に笑えるユーモアミステリーの二百ページ台後半の長編」などと注文を受ければ、二、三時間後には書き上げることができる。それらの作品は、注文の条件をきちんと満たした上で、大半の読者が十分に満足できるだけの面白さを備えていて、ミスもほぼない。要するに、人間の作家をはるかにしのぐ性能を持っているのだ。

それによって、人間の作家の出る幕はほぼなくなった。今やどの書店でも、店頭に並ぶ文芸書の九割以上は、作者の表記が「ＡＩ作」となっている。人間の作家が書いた作品は、文庫本コーナーの端の目立たないところに「人間の作品」という棚が置かれ、二十一世紀前半までの、今や古典と呼ばれる作品が少し並んでいるだけだ。

「どれも本当に面白いですよ。先生の作品は」

運転手は、笑顔を浮かべながらまた語った。

「仕事柄、よく首都高を走るんですけどね。高架の上から見える光奮社《こうふんしゃ》。あそこなんて、『当社の文芸書は百パーセントＡＩ作です。だから高品質低価格』なんて看板を出してますもんね。あの会社は、高架のすぐ近くにビルがありますから、高速を走ってる時、社員さんと目が合うんじゃないかと思う時もあるんですよね」

そんな話をしながら、彼の運転するタクシーは、高速道路に乗った。

そこで私は、ふと違和感を覚えた。目的地の千代田ホールまでは大した距離ではない。高速に乗る必要はないはずだ。

「あれ、すいません。千代田ホールは、ちょっと道が違うかも……」

私はおずおずと言った。すると運転手は、笑顔のままバックミラー越しに答えた。

「ええ、分かってますよ」

「……えっ？」

私はますます戸惑った。運転手はＥＴＣを通過し、高速道路でぐんぐん加速しながら尋ねてきた。

「僕のことご存じですかね？」

「いや、ちょっと、分からないですけど……」

「節崎錠《ふしさきじょう》っていいまして、元々小説家をやってたんですよ」

「ああ……」

嫌な予感がした。それが的中していたことは、ほどなく分かった。

「僕は、先生が開発したＡＩのせいで、仕事を根こそぎ奪われましてね。先生のことも憎いですが、それ以上に憎いのは出版社です。中でも光奮社は、長年の付き合いがあった僕をいとも簡単に切り捨てた。高速の上から光奮社の脇を通りかかるたび、社員たちと目が合うんです。あいつらは目が合うたびに、馬鹿にするような目で僕を見てきてね」

「いや、それはさすがに、気のせいかと……」

私はおずおずと言ったが、運転手の節崎錠は絶叫した。

「いいや、あいつらは俺を見てる！　だから復讐《ふくしゅう》することにしたんだ！」

「復讐……？」

私が聞き返すと、運転手の節崎錠はこちらを振り向き、にやりと笑った。

「あんたを乗せて光奮社に突っ込む。最高の復讐だ」

節崎錠はそう言って、運転席の脇からダイナマイトを取り出し、導火線に火をつけた。

そして、それをボンネットに放り込んでぐんと加速し、高速道路の側壁を突き破った。

「終わりだ！　これで全部終わりだ！　ざまあみろ！」

「やめろおおおおおっ」

私は泣き叫んだ。だが、それが最期の言葉となった。私が最後に見たのは、空を飛んだタクシーのフロントガラスに迫り来る光奮社のビルの壁と、大爆発の白い光だった。

*

「ほお、こんなのも書けるようになったか」

早乙女教授は、ＡＩが出力した文章を読み終えて、満足げに言った。

「ええ、また一歩学習が進んだようですね」准教授の岩井《いわい》がうなずく。

「私の名前を出して、最後に死なせるあたり、ブラックユーモアも学習したってことかな。

まあ、相変わらず細かいミスはあるけどな。まず冒頭の三行目で、タクシーの料金が先払いになってるし、あと最後から五行目の、ダイナマイトを『ボンネットに放り込んで』っていうシーンは意味不明だしな。運転中にそんなことができるわけないんだから、たぶんまだ車の構造をちゃんと学習しきれてないんだろうな」

「でも、今までのＡＩ作の小説の中では、一番出来がいいんじゃないですか？」

「たしかにな。ＡＩの完全独力でこれをアウトプットできたんだから、かなり上出来だ。とはいえ、まだこれからどんどん進化するさ」

早乙女教授は、自信に満ちた顔で言うと、コンピューターのディスプレイの横に置いてあった、一冊の本を手に取った。

「まあ、この調子で性能が上がっていけば、こいつみたいなおちゃらけた作家の能力なんて、すぐにでも超えるだろう」

早乙女教授はそう言って、先日ＡＩの学習用に読み込ませた、節崎錠《ふしさきじょう》によく似た名前の作家の小説を、ぽいっとゴミ箱に投げ捨てた。

解説　――十三年前の僕――

カモシダせぶん
（書店員芸人）

2023年6月末のある日の午後、僕はこの本の著者、藤崎翔さんと池袋の喫茶店にいた。

僕の肩書は「書店員芸人」。芸人活動に加え、書店でも働いていて、SNSで本の紹介をしている。藤崎さんの本を取り上げたところ、ご本人から連絡が来て、「お会いしましょう！」という流れになった。初めて喋れた。僕はこの人が小説家になる前、16年前からじっくり話してみたかったのだ。

ご存知の方も多いだろうが、藤崎さんは元芸人。コンビ「セーフティ番頭」で2004年から6年間活動し、解散、引退している。僕は2007年デビューなので、3年間、藤崎さんと活動時期が被っている。だけど喋る機会は殆《ほとん》ど無かった。僕と藤崎さんは所属していた事務所も違うし、芸歴も違う。事務所外のインディーズライブでご一緒するのも、年にほんの数回だ。それでも僕はセーフティ番頭さんの解散が悲しかった。あのコンビの

「ネタ」が好きだったから。

２０００年代初頭のお笑い番組は空前のショートネタブーム。ひとネタ2〜5分と短い分、ひとつの番組に出られる芸人の数が多く、皆、番組に合わせたネタを作りまくっていた。特に、一般視聴者よりも更《さら》に濃いお笑いネタを好むファンに人気だった番組がＮＨＫの「爆笑オンエアバトル」。この番組では、各お笑い事務所に推薦された10組の芸人がスタジオでネタを披露して、観客が面白かった組に投票。上位5組のみがオンエアされるというかなりシビアなお笑い番組だった。あの売れっ子、オードリーさんも当時は苦戦して、数年で八連敗していたり（その後、四連勝する）、中には何度挑戦しても、番組が終了した２０１０年まで一勝も出来なかった芸人さんもザラにいたりした。そんな中、セーフティ番頭さんは一勝をもぎ取っている。これが芸人にとってはどれだけカッコよく、羨望の的となったことか……。番組に呼ばれさえしなかった僕は羨ましくてしょうがなかった。

因みにセーフティ番頭さんの爆笑オンエアバトルでの戦績は一勝四敗。千鳥さんの戦績が一勝六敗なので、数字上は千鳥さん超えである。

本当にいいコントをされる方々で、２００8年から始まったコントの大会「キングオブコント」初年度に僕は参加して2回戦まで進出したのだが、同じく2回戦に進出したセーフティ番頭さんがどんなネタを披露したのか、検索するぐらい好きなコンビだった。

そんな僕がもう一度、セーフティ番頭をしっかり検索したのは2014年。僕が書店勤務をきっかけに書店員芸人を名乗り始めた頃《ころ》、何人ものお客様が小説『神様の裏の顔』をお店のレジに持ってきたことがきっかけだった。「やたらこのミステリ小説、売れてるなぁ。著者が横溝正史ミステリ大賞の新人さんかぁ。うん？　元芸人？　えっ誰⁇　藤崎翔さん。えっ、あのセーフティ番頭の坊主の方の藤崎さん⁉　すごっ‼　チラシの裏に小説を書いてた⁇　何、その書き方！」と、スマホで検索して出てくる情報に圧倒された。

こんなに驚いたのは、この解説の文字数を稼ぐためでは断じてない。そこそこ小説は読んできたし（周りの芸人さんに比べればぐらいだが）、芸人さんが書いた小説も幾《いく》つか読んだ。が、この「長編文学賞を取ってデビュー、書籍化」は、他《ほか》のタレントさんや芸人さんの作品とは訳《わけ》が違うからだ。

書店に並ぶ芸人さんの小説を、僕は基本的には面白く読んでいる。設定が奇抜だったり、人間観察の上手さが見えたり、書いているご本人のキャラクターをテレビを通してこちらは何となく知っているから、安心して読めるという面もある。ただ一方で、芸人が手がけた小説の多くに、お笑い好きには気づかれず、小説好きには気づかれてしまう弱点がある。それは、「長い物語を書く筋肉の弱さ」。小説家が全員指がムキムキとか、そういう話ではない。普段、お笑い畑の人間がネタの台本を書く文字数と、小説の文字数の違い。また文字で表現しなくてはならない状況描写は、ネタより小説の方が圧倒的に多い。短編小説ですら、ふとした数行、数文字にその弱さ、雑さが見えてしまう。読者の感想で、「凄《すご》いお笑いのネタが書けるから、いい小説が書けるんだなー」という意見を見かけたことがある。全否定はしないが、そのリンク度合いは二割ぐらいだと思っている。小説の執筆には、やはり大部分は「違う筋肉」を使っているのだ。横溝正史ミステリ大賞は長編推理小説の登竜門。少しでもこの「小説を書く筋肉」が弱かったら絶対に大賞は取れない。一次、二次選考で落とされているはずだ。つまり藤崎さんは、僕の知っている芸人経験作家で初めて、「顔を知らなくても全文字安心して読める小説」を書いた人なのだ。初めて、と書いたのは翌2015年にピースの又吉直樹さんが『火花』で芥川賞を取っているから。文学賞で認められたのは藤崎さんの方が早い。しかも長編。芸人が小説家として認められるのは、世間が考える以上に本当に難しいことなのだ。

『神様の裏の顔』に関して言えば、「元芸人」という藤崎さんの看板が浸透していなくても、とても売れた。僕も読んだが、純粋に「ミステリ小説」としてとても面白かったからだ。「これは藤崎さん、この一作だけじゃなくて面白い小説をドンドン出すぞ」。そんな僕、というか『神様の裏の顔』を読んだ殆どの人達の予想は的中する。

この出来事から更に数年後、今度は書店ではなく、再びお笑いライブシーンで藤崎さんに注目が集まる出来事が起こる。しかも全く思いがけない形で。2020年から始まったコロナ禍だ。

お笑い界でもコロナの影響は甚大で、人が集まるライブや収録は全て中止。それによって存続の危機に立たされたのがライブハウスだ。東京の老舗《しにせ》の小劇場は、国の支援だけではとても続けていけない。絶望的な空気が流れる中、とんでもない額を幾《いく》つかのライブハウスに個人で寄付した人物が話題になる。その人物こそ藤崎さんだ。新宿バティオスという劇場に関しては、期間限定ではあったが、名前が【新宿バティオスwith年収並みの命名権を買っちゃったから小説が売れないと困る藤崎翔】に変更。間違いなく東京の劇場で一番長い名前だ。別の劇場でのライブで、この正式名称を言うだけで、お客様にちょっとウケる。藤崎さんのお笑いへの愛と真摯《しんし》な気持ちが詰まった名称だ。この劇場では現在もほぼ毎日、お笑いプロダクション、インディーズを併せて、様々なライブが開催されている。東京の芸人がコロナ禍でクオリティが下がらなかったのは、間違いなく藤崎さんのおかげだ。こんなにも思い切って劇場を救い、さらにボケられる藤崎さんの中には、辞めて10年が経つのに熱い芸人魂が残っているのだと感激した。

この逸話は、本書に大いに関係がある。というのも、本書が文庫化される前、単行本(タイトルは『比例区は「悪魔」と書くのだ、人間ども』)で発売された際、この劇場に寄贈され、出演した芸人が読めるよう常備されたのだ。僕がそのことを知ったのは、松竹の後輩芸人でピン芸人、R‐1グランプリでファイナリストまで上り詰めた「森本サイダー」が、「カモシダさん、劇場で読んだこの本、凄く面白かったですよ！」と勧めてくれたからだ。

芸人として嬉しいのは当然、笑ってもらえること、面白いと言ってもらえること。その中でも、同業者である芸人に自分が作ったものを褒められるというのは、お客様や番組のスタッフさんに褒められるのともまた違う感動がある。冒頭に書いたように、僕は今も現役で芸人をしている。16年も続けているが、未だに自信が無い。それは、売れていても売れていなくても、とても面白い芸人が周りにいる中、自分はそこに全く追いついていないし、その人達に面白いと認められていないなと感じているからだ。本の紹介や、家系がやたら裕福だったり、家が珍しい理由で火事になったりといったエピソード紹介でテレビに出るより、ネタを褒められる方がよっぽど嬉しい。というか、改めて僕はどんなテレビの出方をしてるんだ……。

藤崎さんは芸人を辞めてから10年以上経つのに、「笑い」をテーマにした本作で、現役で活躍する芸人から「面白い」としっかり言われる。芸人時代から藤崎さんを知る僕は、森本サイダーに藤崎さんの著作を勧められた時、「あぁ、藤崎さん、ミステリ作家として結果を出してるけど、やっぱりお笑いを書いても面白い人なんだ。凄すぎるわ」とグッと来たと同時に、すでに芸人を辞めている人にもう一回負けた気持ちにもなった。

なぜここまで、一般読者だけでなく、芸人にも刺さる面白さになっているのか。それは藤崎さんが持つ「視点の鋭さ」にあると思う。他の小説家にはない、芸人界で揉まれたが故《ゆえ》のオリジナリティ。定番童話のアップデートの仕方であったり、ハートウォーミングな話でオチを一気にブラックに振り切ったり。藤崎さんの作品で随所に見られる「ネタでの戦い方」が本書には全面に出ている。収録されている短編作品はそれぞれ路線や趣《おもむき》が異なるので、読んだ人によって一番好きな話は分かれるだろうが、僕の一押しは「一気にドーン」だ。いつも見ている番組の合間に流れる美容通販のCM。「美しい肌の○○さん！実は△歳！」。このフォーマットはあまりにも見すぎて、登場する人たちの顔がもれなくテカテカしてることにすら、もはやちょっと笑えると思っていたので、このCMをモチーフに話を作ってくれた藤崎さんの視点はさすがだなと感心した。オチも好き。

長くなったが、不思議なご縁で13年ぶりに藤崎さんと再会し、初めてたっぷり話せた。そして、ようやくご本人に直接伝えられた。面白かったですと。それは芸人時代のネタも小説も、今までの藤崎さんの作品全てに対して。表題作「三十年後の俺」を読み、藤崎さんとはもう会えないかもと思っていた「十三年前の僕」を思い出し、ジンと来た。藤崎さんの面白さがもっと沢山《たくさん》の人に伝わりますように。三十年後と言わず、ホント明日にでも。

※文庫化にあたり修正を加えました。
※この作品はフィクションであり、実在の人物・団体・事件とは一切関係がありません。

二〇二〇年十二月　光文社刊

光文社文庫

三《さん》十《じゅう》年《ねん》後《ご》の俺《おれ》

著者　藤《ふじ》崎《さき》　翔《しょう》

2023年12月20日　初版1刷発行

発行者　三宅貴久
印刷　KPSプロダクツ
製本　ナショナル製本

発行所　株式会社　光文社
〒112-8011　東京都文京区音羽1-16-6
電話（03）5395-8147　編集部
8116　書籍販売部
8125　業務部

ISBN978-4-334-10158-9　Printed in Japan

組版　萩原印刷

光文社文庫最新刊

コロナと潜水服	奥田英朗
特急「志《し》国《こく》土《と》佐《さ》 時代《トキ》の夜明けのものがたり」での殺人	西村京太郎
ワンさぶ子の怠惰な冒険	宮下奈都
猫に引かれて善光寺	新津《にいつ》きよみ
三十年後の俺	藤崎 翔
接点 特任警部	南 英男